元最強勇者は最弱と勘違いされ、溺甘ヒモ生活が始まりました
Nano Aiuchi
愛内なの
illust: 或真じき
KiNG novels
彼女たちのためなら
どんなエロスも与えよう

ただ甘お姉ちゃん
プリマベラ

無気力お姉ちゃん
フスィノ
家庭的なお姉ちゃん
リエータ

「ね、ヴィくん……そろそろ、ね？」

三人はそのまま並び、僕を振り返る。

「ね、ヴィくん」

お尻を妖しくくねらせながら、
プリマベラさんが声をかけてくる。

「ん、わたしも、準備できてる」

そう言いながらフスィノさんも
お尻を突き出してアピールしてきた。

「ほら、好きな順番で挿れていいのよ？」

元最強勇者は最弱と勘違いされ、溺甘ヒモ生活が始まりました
～彼女たちのためならどんなエロスも与えよう～

愛内なの
illust：或真じき

KiNG novels

元最強勇者は最弱と勘違いされ、溺甘ヒモ生活が始まりました

contents

プロローグ　三人の姉とのいちゃいちゃ暮らし　3
第一章　姉たちとの出会い　18
第二章　新しい暮らし　59
第三章　天才じゃなくてもいいところ　107
第四章　甘やかさない甘やかし　157
第五章　元勇者な弟せ　213
エピローグ　甘やかされのハーレムライフ　265

プロローグ　三人の姉とのいちゃいちゃ暮らし

街からは少し離れた、森の中にある家。

そこで三人の姉といっしょに、僕は暮らしていた。

僕が彼女たちと出会い、弟として引き取られて、いっしょに暮らすようになって随分になる。

もうすっかり、その生活にも慣れていた。

それまでの僕はほとんどひとりきりで、目標に向けた旅をしてきた。

勇者として選ばれ、魔王を倒すために冒険を続けていたのだ。

それも終わり、この先どうしようかとぼんやり思っていたところでプリマベラさんと出会い、彼女に拾われたのだった。

そこから、僕の甘やかされ生活が始まった。

最初は戸惑うことも多かったけれど、今は姉たちの好意を受け入れることも普通になっていた。

部屋の中では今、そのプリマベラさんを含む三人のお姉ちゃんたちが僕を待っている。

「ほら、ヴィくん……脱ぎ脱ぎしましょうね……」

緩やかにウェーブした、金色の髪を持つプリマベラさん。

いちばんの甘やかしお姉ちゃんであり、その優しさがにじみ出たような美女の彼女が、僕の服へと手をかけて脱がせてくれる。

自身も冒険者であり、しなやかな身体を持つ彼女だけれど、いちばん目を惹くのは母性を象徴するかのような爆乳だ。僕の服を脱がせようと動くだけでたゆんっと揺れる魅惑の果実に、どうしても視線が吸い寄せられてしまう。

「はーい、手を上げてねー♪」

そんな彼女に促《うなが》されるまま手を上げると、服がすっと脱がされていく。

その服を受けとったリエータさんが、ちゃんと畳んで横へと置いてくれていた。

そんな彼女もすでに裸になっており、裸で僕の「服を畳む」という姿もまた、不思議なエロスを感じさせる。

次女であるリエータさんは赤髪をツインテールにしていて、綺麗な顔立ちにもその快活さが現れている。冒険者ではないから身体は華奢だけれど、やはりと言うべきか、姉に勝るとも劣らない大きなおっぱいが存在感を放っていた。

「ん……ヴィンター、ぎゅー……」

すっかり脱がされた僕に、続いてフスィノさんが抱きついてくる。

彼女は三女であり、僕とは歳も変わらない。

どこか眠たげな、ダウナー系の美女である彼女は、そののんびりとした声のトーンで僕の名前を呼びながら、しっかりと抱きついていた。

身体は小柄ながらも豊満なその胸が、後ろからふにゅんっと押しつけられてくる。

「ふたりとも待ちきれてないんだ。うん、私も……」

僕の服を脱がせてくれたプリマベラさんは、ふたりがすでに裸なのを見て取ると、自らも素早く服を脱いでいった。

三人の中でもいちばん大きな爆乳が、服から開放されて柔らかそうに揺れる。

そんな彼女が両手を広げて、僕に期待の眼差しを向ける。

「ね、ヴィくん」

これまで重ねた時間で、彼女の要求してくることは伝わってきている。

プリマベラさんのその期待に応えるように、僕は彼女の胸に飛び込み、その爆乳へと両手を伸ばしていった。

「んっ、あんっ」

むにゅんっと形を変える大きなおっぱい。その柔らかさが手に伝わり、僕に幸せを運んでくる。

それは触れられているプリマベラさんも同じようで、彼女も微笑みを浮かべながら、僕の身体をそっと撫でてきた。

それでも僕はそのまま、両手で彼女の胸を揉みしだいていく。

たわわな果実の感触は、いつまでも触っていたくなるような極上のものだ。

「ん、あふっ……ヴィくんの手、すごくえっちだね」

色っぽい声で言うそんなプリマベラさんのほうが、ずっとえっちだと思う。

と、普段なら一対一であることがほとんどなのでそれで終わるところなのだけれど、今日は三人いっしょだ。

「ん……ヴィンター、こっちも……」

フスィノさんがそう言いながら、僕の手を片方、自分のおっぱいへと導いた。

彼女の膨らみもまた、僕の手を受けて柔らかく形を変えていく。

「リエータさん」

そこで僕は、少し離れたところで待っていた彼女にも声をかける。

プリマベラさんとフスィノさん、ふたりのおっぱいで、僕の手はふさがっている。

はっきりとした目鼻立ちの美人でテキパキしていることもあり、気が強い印象のリエータさんだけれど、いちばん周りを気遣っているのが彼女だ。

そんなリエータさんは、ふたりの胸で手がふさがっている僕に、自分から何かを要求してくることはないだろう。だからこそ、僕のほうから声をかけたのだ。

「どうしたの？」

手はいっぱいでしょ、と言いたげなリエータさんには、僕の正面に座ってもらう。

そして、早くも期待に満ちて触ってほしそうにしている胸……その頂点で存在を主張している乳首を、そっと唇で挟んだ。

「んぅっ……あぁ♥」

リエータさんの口から艶めかしい声が漏れる。

これなら、両手と口で同時に三人のおっぱいを楽しむことができる。

「ん、あふっ……♥」

右手を動かすとプリマベラさんが。

「……んっ♥　あぁ……」

左手を動かすとフスィノさんが。

「んぁっ♥」

口を動かすとリエータさんが、それぞれ僕の動作で感じて、かわいらしい声をあげる。

裸の美女三人に囲まれ、そのおっぱいを楽しむという、あまりにも豪華な状況。

普通なら考えられない状態だ。けれど、三人は僕を受け入れるどころか、もっと、とせがむように身体を近づけてきているのだった。柔らかな感触に囲まれながら、僕はこの状況を堪能していく。

「んっ……ヴィくん……♥」

「あふっ……あっ、んぁ」

「……そこ、あんっ、んぅ……♥」

三人がそれぞれの艶めかしい声をあげながら、僕で感じてくれている。

それは男としての強い肯定と満足感となって、僕を満たしていった。

そして三人の美女のおっぱいに触れ、その肌を感じているとなれば、僕の興奮も膨らんでくる一方だ。

「ヴィくんのおちんちん、すっごく熱い」

プリマベラさんが肉棒へと手を伸ばし、軽く触ってくる。

「本当、血管も浮き出てて、たくましい……♥」

リエータさんも指を伸ばし、肉竿を擦り上げてくる。

「……タマタマもずっしりして、いっぱい出せそう」

フスィノさんがさわさわと陰嚢をいじりながら、そう言った。

「あぅ……」

三人もの美女に性器を愛撫されて、平常でいられるはずがない。

僕が小さく声を漏らすと、姉たちはそのまま愛撫を続けた。

「んっ……ふっ……」

プリマベラさんとフスィノさんは、いつもどおりというか、比較的自然な体勢で手を伸ばしてきている。僕の感じるところを知っている彼女たちは、的確に責めてきて僕を感じさせていった。

対して、おっぱいを口で愛撫されているリエータさんは、僕の股間に手を伸ばすには、ちょっと無理のある体勢だ。いつもとは違い、たどたどしい手つきとなる。

普段はなんでも器用にこなすタイプのリエータさんだ。だから、それはそれでむしろ興奮できるのだけれど、今はほかふたりの愛撫もあるので、その拙さがさらに目立っている。

「ん、ふっ……しょっ……」

不器用に手を伸ばしつつも、軽く肉竿を弄ってくるリエータさん。

そんな彼女の手にこすられながら、僕のほうも愛撫を続けた。

しばらくは、互いの身体に触れ合う前戯の時間が過ぎていく。

三人からの愛撫を一身に受ける僕はともかく、三分の一となり、しかも性器ではなく胸だけへの刺激という状態に、彼女たちのほうはさらなる快感を求めてきた。

「ね、ヴィくん……そろそろ、ね？」

プリマベラさんはそう言うと、僕の肉竿から手を離し、身を起こした。

その動きで揺れる爆乳に、名残惜しそうな目を向けてしまう。

「もうっ、そんなに寂しそうな顔されたら、離れられなくなっちゃうっ」

「んむっ……」

彼女はすかさず僕をむぎゅっっと抱きしめてきた。

正面にいたリエータさんごと、僕の顔をそのおっぱいで包み込んでしまう。

「あっ、もう、お姉ちゃんっ！」

おっぱいでおっぱいを圧迫されたリエータさんが、抗議の声をあげる。

僕の眼前で繰り広げられる光景はたぶんとてもえっちなのだけれど、そのおっぱいに包み込まれている僕には残念ながら全容が見えなかった。

「あっ、ヴィくんの目が寂しそうだったからつい……」

そんな甘やかしワードを残しながら、プリマベラさんがおとなしく離れていく。

「あふっ……んっ……」

リエータさんとフスィノさんも、一度僕から離れた。三人はそのまま並び、僕を振り返る。

「ね、ヴィくん」

むちっとしたお尻を妖しくくねらせながら、プリマベラさんが声をかけてくる。

「ん、わたしも、準備できてる」

そう言いながら、フスィノさんがつんっとお尻を突き出してアピールしてきた。

「ほら、好きな順番で挿れていいのよ？」

最後になったリエータさんだが、「好きに」と言いながらも自分を選ばせるように、くぱぁっと自らの割れ目を開いて誘ってくる。

三人の美女がお尻を向けておねだりしてくる姿は、あまりに豪華で夢みたいだ。彼女たちはそのおまんこを濡らして、僕の肉棒を待っている。

「うぁ……」

幸せすぎる光景に、思わず見とれてしまうのだった。

そんな僕を急かすように、プリマベラさんがお尻を振った。

「ヴィくん、はやく♪」

肉感のあるお尻が揺れるのといっしょに、彼女の髪も揺れる。

「ね、ヴィンター……」

フスィノさんもあらためてお尻を突き出して、アピールしてきた。

きゅっとすぼまっているアナルの下では、彼女の蜜壺がもう愛液を滴らせているのがわかる。

ふたりも十分に感じて、僕を待ってくれている。けれど僕はまず、いちばんはしたなくおねだりをしてくれた、リエータさんの中へと向かうことにした。

「あっ♥　んぅっ」

彼女自身の手で広げられた陰唇は、ピンク色をして艶めかしく蠢くその内側を、赤裸々に晒していた。そんなはしたなく男を誘う蜜壺に、僕はまず指を挿れてみる。

「んぅっ、あっ、ヴィンター、ふぁっ……！」

ぬぷり、とたやすく指を咥え込んで、リエータさんのおまんこがひくつく。

僕は軽く指を往復させると、そこから引き抜いた。

ねっとりとした愛液が指につき、すぐにでも挿れてほしいと伝えてきているようだった。

「あっ……♥」

僕がその腰を両手で掴むと、リエータさんは期待に満ちた声をもらす。

その反応が、余計に僕を焚きつけていった。

その欲望に従うまま、もうビンビンに猛りきっている肉棒をリエータさんの膣口へとあてがう。

そしてそのまま、膣内へと挿入した。

「んっ……ふぅっ……♥」

ねっとりとした膣内に、肉棒が飲み込まれていく。

リエータさんは声を押さえるようにしながらも、隠しきれない吐息を漏らす。

それはそれでかなりエロくて、僕は内心でひどく興奮しながら、腰を進めていった。

「あっ……はぁ、んっ……」

一度奥のほうまで行き、そのままゆっくりと引いていく。

膣襞がこすれて快楽を生み出してきた。僕はそのまま腰を振って、ピストンしていく。

「あっ、ん、くぅっ……♥」

リエータさんは嬌声をあげ、突かれるのに合わせて身体を揺すっていった。

「……ん、リエータ姉、気持ちよさそう……」

横にいるフスィノさんが、リエータさんをのぞき込みながら言った。

「あっ、やっ、ダメっ……♥」

そう指摘された途端、リエータさんの膣内がきゅっと締まり、肉棒をより強く咥え込んできた。

「あぅ、リエータさんっ……！」

快楽が大きくなり、僕は一瞬だけ動きを止めかけ……反対にもっと勢いよく腰を動かして、彼女の中を突いていった。

「んあぁぁっ♥ ヴィンター、あっ、ああっ……！」

ぐにっと奥まで突くと、リエータさんはまた気持ちよさそうな声をあげて、身体を揺らす。

「あふっ、あっ、んぁっ……♥ ヴィンター、あ、あふっ……♥」

「リエータちゃんってば、すっごい蕩けちゃってる」

反対側からのぞき込んだプリマベラさんも、楽しそうに言った。

「あ、あぁ……だめ、だめぇっ……♥」

「ふたりに見られて余計感じちゃってるんですね」

「いやっ……違っ、あ、ああっ！」

僕もそう言って刺激すると、リエータさんは首を大きく横に振る。

ツインテールが大きく揺れて、僕の言葉を力強く否定しているようだった。でも……。

「んぁっ♥　あっあっ♥」

リエータさんからは、すぐに嬌声が漏れてくる。

膣内もきゅっきゅっと締まり、肉棒を強く求めていた。

「んぁっ、あ、あふっ……だめ、だめぇっ……」

リエータさんは恥ずかしそうにするけれど、四つん這いになっているため、顔を隠すこともできない。

「……ごくっ、すっごく気持ちよさそう……いつも見るのとは、違う表情してる……」

リエータさんを見ながら、フスィノさんが呟いた。

それもそうだろう。他人がえっちしているときの顔なんて、見る機会は普通ない。

だからこそ、姉と妹にそんな顔を見られて、リエータさんの羞恥は増していく。

「んぁっ♥　あっ、だめぇっ……！　あたし、あっ、んぁっ……！」

うねる膣襞が収縮し、精液をねだってくる。

その刺激に促されるまま僕は抽送を行い、蜜壷を掻き回していった。

「んはっ♥　あっ、んくぅっ……もうっ……あぁっ♥　んぁっ……！　イクッ、イっちゃうっ！」

リエータさんの声が一段高くなり、絶頂が近いのを伝えてくる。

見られていることでいつもより感じて、早くイってしまうみたいだ。そんな彼女も可愛らしく、僕を興奮させる。その興奮のまま腰を打ちつけ、膣内をズンズン犯していく。

「んはっ！　あっ、だめ、だめぇっ……♥　見られてるのに、あっ、あっあっ♥　イクイクゥッ♥」

びくんっと背中をのけ反らせて、リエータさんが絶頂したみたいだ。

膣襞が蠢動して肉棒を貪ってくる。狭くなったその中を、僕はさらに往復していった。

「ひぃあっ♥　あっ、イってる、イってるからぁっ♥　だめ、だめぇっ……！」

「あぁ……リエータちゃん……」

「リエータ姉、気持ちよさそう……」

リエータさんは見られながら絶頂して、きっと蕩けた表情をしているのだろう。

ふたりはうっとりと言いながら、リエータさんを見ている。

「うぅ……あ、あふぅっ……♥」

見られながらの絶頂を迎えたリエータさんは、その快楽が大きすぎたのか恥ずかしすぎたのか、そのままぐったりと力を抜いてしまう。

崩れかかった彼女を支えながら、僕は肉棒を引き抜いた。

「ヴィくんのおちんちん、リエータちゃんのえっちなお汁で濡れて、ものすごく凶悪な見た目になっちゃってるね♪」

「ぬるぬるで、ガチガチで……オスのおちんぽって感じになってる……♥」

プリマベラさんとフスィノさんが、僕の肉棒を見ながらそう言って、期待の目を向けていた。

「ふたりとも、四つん這いで並んでください」

「うんっ♪」

「……ん」

僕が言うと、脱力して横になってしまったリエータさんの分を詰めるようにしてふたりが並ぶ。

ふたりとももうおまんこは濡れ濡れで、入れてほしそうにしているのがわかった。

これ以上焦らすのも申し訳ないから、ふたりにかわるがわる挿れて、同時にすることにした。

「あっ、んぁっ♥」

まずはプリマベラさんの膣内に一気に挿れて、力強く何往復かする。

「んはっ♥　あぁ……ヴィくんのおちんちん、あっ、んぁっ！」

そして一度引き抜くと、今度はフスィノさんの中へ。

「んぁあぁっ♥　……ヴィンター、あふ、元気すぎ……♥」

そうして彼女のほうも、膣襞を擦りながら往復する。再び抜くと、またプリマベラさんへ。

「んくぅっ♥　ちょっと乱暴なのが、なんだか、あっ♥」

交代で挿入している分、いつもよりも荒々しくなっている。

プリマベラさんとしては、それもいいみたいだ。

甘やかしお姉ちゃんである彼女は、普段から人に尽くすことが好きだし、ちょっとMっ気があるのかもしれない。

「んぁっ♥　……ヴィンターの腰振り、必死なのが、なんか奥にきゅんってくる……」

フスィノさんのほうは、僕の必死な感じが気に入ったらしい。

のんびりおっとりとしているようで、意外と責めるのも好きなのだろう。

そんなふうに、いつもとは少し違う彼女たちの反応があって、僕も新鮮な気持ちになった。

「あ、あぁっ……」

順に入れ替えては、ふたりのおまんこに肉棒を入れて腰を振っていく。

ふたりの美女と同時にするなんて、とても豪華でそそるものがある。

「あくっ、う、そろそろ、僕っ……！」

その豪華さ、精神的な昂ぶりに加えて、やはりふたりにハイペースで抜き差ししていることもあって快感も大きく、すぐに余裕がなくなる。

「ん、いいよ、きてっ」

「好きなときに、イっていい……」

ふたりともそう言って、僕に甘い声を向けてくれた。

その言葉に誘われる形で、僕はふたりの中を突いて膣道を犯していく。

「あふっ、あっ♥　おちんちん、イキそうなのわかるよ……えいっ♥」

腰を引く瞬間にプリマベラさんが膣内を締めたので、襞が一気に擦れる。

「あ、ん、ああぁっ！」

快楽に思わず声をもらしながら、今度はフスィノさんの中へ。

「んくっ♥　ヴィンターのおちんぽ、力強い……♥」

フスィノさんの膣襞も、肉棒を迎え入れるといやらしくうねって精液を求めてくる。

「あ、ああっ……！」

僕はふたりのおまんこを味わい、愛されながら勢いよく果てた。

びゅるるるるっ！　どびゅっ、びゅくくっ！

「んあぁぁぁあっ♥　あ、すっごい、出てるぅっ！」

「……んっ♥　熱いのが、どくどくかかってる♥」

ふたりの背中やお尻に、僕は精液を放っていった。

「うぁ、ああ……」

大きな快感に流されるまま精液を吐き出すと、僕からも力が抜けていく。

「ん、ヴィくん、お疲れさま♥」

そんな僕を、プリマベラさんが優しく抱き締めてくれる。

「よしよし……」

そして、フスィノさんが頭を撫でてくれた。

三人の美人お姉ちゃんたちに甘やかされ、えっちなこともして……。

僕は幸福感に包まれていた。こんなに幸せでいいのだろうか。

胸の奥に広がる幸福感を受け止めながら、僕は彼女たちとの出会いを思い出すのだった。

第一章　姉たちとの出会い

ずっと、走り続けてきた。

勇者として選ばれて、聖剣を手にしてからずっと。

魔王を目指し、目の前のモンスターを倒していく。

いつだってひとりで、その繰り返し。疑問を差し挟む余地なんてない。

だって、目の前には苦しめられている人たちがいて。

僕には、それを打ち倒せる力があった。

魔王への道のりは遠く、僕の旅は長く続いていった。

その間に少しは背が伸び、それ以上に髪が伸びて、たくさんのモンスターを倒していった。

僕がモンスターを倒すと、みんな喜んでくれる。

それに、行く先々で勇者として歓迎されてきたし、僕の姿を見るだけで安心してくれる人も多かった。伸ばし放題で顔がほとんど隠れるほどの髪と、ちょっと小柄で、速さを活かした戦い方だったから「妖精」なんて呼ばれることもあったけれど。

とにかく、僕はモンスターを倒して魔王討伐を目指し続けた。

あちこちを駆け回り、ただ勇者として戦い続ける。

いつの間にかそれは普通になって、気がつけば作業的にもなっていった。

戦闘に感情は要らない。

魔王を倒すことだけが、僕の使命だ。そうやって戦い続けた。

ずっと。

そして――。

僕は無事、魔王を倒すことができた。

「ああ、これで終わりなんだ――」

魔王を討伐し、役目を終えた聖剣が砕け散って……僕はひとり、ぼんやりと呟いた。

激しい戦闘で、あたりは瓦礫の山。

魔王討伐の知らせを告げる伝令の人が走り去って、僕はひとり、そこに佇んでいた。

これで終わったのだ。

世界には平和が戻るし、勇者として走り続けてきた僕の使命も終わり。

これから……どうしよう。

とりあえずは、王都に戻ることにした。

とはいえ、魔王討伐の知らせはもう出ているし、急ぐものでもない。これまでずっと駆け回ってきた僕は、急にすることがなくなって、ぼんやりとしたまま長い帰路につく。

魔王との戦闘のとき、中途半端に髪が切られていたので、視界がいつもより明るい気がする。

そんなことを思いながら、僕は歩いていくのだった。

※

帰り道は、ちょっと新鮮だった。

まだ残党のような連中はいるし、魔王とは関係なくモンスターというのは存在するのだけれど、ひとまず急ぐ理由がなくなり、のんびりと歩いていられたからだ。

急ぐ理由がないのに忙《せわ》しないのもなんだか違う気がして、今までよりずっとゆっくり歩く。

でも、そんな普通のペースでの旅は、なんだか落ち着かない。

それに聖剣をなくしたことと、髪が短くなったことで、誰も僕が元勇者だと気づかなかった。

これもかなり、僕には不思議な感じだった。

今までは行く先々で勇者として歓迎されたり期待されたりしていたのだが、今の僕はただの旅人だった。屈強とはとても言えない小柄な僕がひとりで旅をしていることに、心配してくれる人までいるくらいだ。

これまででは考えられない扱いに、ふわふわした気持ちになる。

このまま王都に帰れば、僕は勇者としての責務を果たしたとして、それなりにいい扱いを受けるだろう。けれどその場合はもちろん、僕は残りの人生をずっと、元勇者として過ごすことになる。

今のような軽い感じではなく、これまで通りの勇者として見られ、ときには何か重大なことを期待されることもあるだろう。

だけど魔王を討伐してその役割を終えた今は、僕が勇者として帰らなくても誰も困ることはない。

役目を終えた勇者が、ひとり静かに旅立っていくというのも、それはそれで綺麗な終わり方だと思う。

僕はどうしたいんだろう。これまで、何も考えず勇者という役割にすべてをかけていたこともあって、自分でもよくわからなかった。

そんなことを漠然と考えながら、森を進んでいく。

途中で見つけた池で軽く水浴びをしていると、自分の格好が結構ひどいことになっているのに気づいた。

もともと装備も軽装で、速さを活かす戦い方のため、鎧もそんな大仰なものではなかった。

それすらも、戦闘で破損したためもう身につけていない。

魔王ほどの強敵ならともかく他のモンスター相手なら、間に合せで重い鎧を身に纏《まと》うより、服のままのほうが相性いいしね。

でも……聖剣を手放し、まともな武器も防具も持っていない今、これじゃあ勇者どころか、冒険者として見てもらえるかも怪しい。

ふらっと出かけてきた、ただの村人……という感じだ。

その服だってもう、だいぶ傷んできている。

どうやら討伐成功で、気が抜け過ぎていたらしい。旅の最中で消耗していったのだろうが、昔ならこんなことはなかった。

もともとおしゃれとは無縁だったけれど、ここまでぼろぼろの格好ってことはなかった。装備がすり減っていると、戦闘力に影響を及ぼすからだ。

魔王という強敵と戦う必要のない今、すっかり油断しきって、そのあたりも疎かになっていたみたいだ。実際、僕にとっての強敵はもういないし、素手でもちょっとしたモンスターなら余裕なので困ることはないのだが、見た目がよろしくない。

うーんと唸り、水面に映る自分の不審な姿を眺める。

これまでずっと、髪を伸ばし放題でもなんとかなっていたのは、勇者という肩書と聖剣があったからみたいだ。特に今は中途半端な形で切られているため、余計に怪しげなのかもしれない。

とりあえず、次の街に着いたら服を新調して身なりを整え、もっと冒険者らしくしてみよう。

聖剣の代わりにはならないかもしれないけど、武器も買わないとなぁ。

そうすれば、ひとり旅だからと心配されたり、仕事を紹介されたりすることもなくなるはずだ。

なんてことを考え、池を後にして森を進んでいくと……。

「ん……」

ふいにモンスターの気配がして、立ち止まる。

茂みから現れたのは、僕の倍くらいは背丈のあるグレーグリズリーだった。

それなりに強力なモンスターではあるけれど、僕にとっては問題ない相手だ。

聖剣があれば一撃だったけれど、別になくても遅れをとるような相手じゃない。

余裕をもって向き合うと、モンスターは鋭い爪を僕へと向けてきた。

その爪を受けようと身構えたとき、近くからすごい速度で人が駆け寄ってくるのを感じる。

モンスターと戦い慣れているのか、僕とグレーグリズリーの間に飛び込もうとしているみたいだ。

下手に動くと邪魔しそうだなと思っていると、現れた人影は手にした剣で鋭い爪を打ち払い、そのまま一振りで首を打ち落とした。

すごく綺麗な剣捌《けんさば》きだ。

「大丈夫ですか？」

モンスターを一瞬で葬り去った人が、こちらへと振り返る。

その姿を見て、僕は息を飲んでしまった。

さらりと揺れる金色の髪。背中までゆるやかなウェーブが広がり、ふわりと甘い匂いがこちらまで漂ってきた。

巨体のグレーグリズリーを一撃で倒したとはとても思えない、優しくておっとりとしてそうな美人のお姉さんだ。その姿に見とれていると、彼女はさっと僕の全身を見て、怪我がないのを確認しているようだった。

僕が無事なのを確認すると、彼女はスマートに剣から血を払って鞘に収める。

その動作で、ちょうど僕の顔くらいの高さにあったおっぱいが、たゆんっ、と揺れた。

これまで見たことないような大きなおっぱいに思わず目がいってしまい、慌ててそらす。

「あ、ありがとうございます」

お姉さんの顔へとしっかり目を向けつつ、助けてもらったお礼を言った。身長の都合上、顔を見上げようとすると、胸も視界に入ってしまうのは仕方ない。

「とりあえず、怪我はなかったみたいね」

そう言って彼女は笑みを浮かべる。笑うとさらに綺麗な顔で、僕はなんだか恥ずかしくなってしまった。

「でも……こんなところでどうしたの？」

こんな場所にいるにしては簡素な僕の格好を不審に思ったのか、彼女がそう問いかけてくる。

目線を合わせるようにかがみ込んでくれたので、僕はやっと、お姉さんの顔をまっすぐ見ることができた。

「ここは危ないよ？　おうちは、近いの？」

「えっと……」

少しだけ身長が低めなこともあって、お姉さんは僕を小さな子だと思ってるみたいだ。

普段なら装備の下に隠れるはずの、地味な服装もよくなかったかもしれない。

僕くらいの年齢なら普通は、ちょっと背伸びして大人っぽい格好をしたり、冒険者としてのかっこよさを優先する、みたいなところがあるから。

魔王を倒すのに必死で見た目を考えてこなかったし、着慣れた装備も魔王との戦闘でほとんど失くしちゃってるから、よけいに幼く見えてしまったんだろう。

「家は……その……」

僕はそこで言いよどむ。

魔王討伐の旅をしてきた僕には、家なんてないからだ。

いや。たぶん王都に戻れば、元勇者として、ちゃんと住む場所は用意してもらえると思う。

だけどそれは、いろいろな手続があってからの話だろう。

今の僕にはまだ、帰る場所なんてない。

そんな戸惑いに気づいたのか、彼女は労《いたわ》るような笑みを僕に向けてきた。

「森の中は危ないし、とりあえずお姉ちゃんのおうちにいこっか？」

彼女はそう言って、俺に手を差し出してくる。

「私はプリマベラ。冒険者をしてるの」

「僕はヴィンターです。その……」

勇者です、と自分で言うのもなんか違う気がする。

これからは普通の冒険者になる予定だけど、今はまだ違うし……。

「ん、じゃあとりあえずいこっか。またモンスターが来ちゃう前に、ね？」

「はい……」

プリマベラさんの手が、僕の手を優しく包むように握ってきた。

先程の見事な剣捌きからは意外なくらい、華奢で柔らかな手だ。

まあそこに関しては、僕も人のこと言えないんだけど。

ただ、女の人の手に僕はちょっと緊張してしまった。

いや、あの、ほら……何年も旅をしていて、女の人と接点とかなかったから……。

そんな感じでちょっとドギマギとしつつ、僕はプリマベラさんに手を引かれるまま、彼女の家へと向かったのだった。

※

というわけでプリマベラさんに連れられた僕は、森の中の開けた場所、小高い丘のようになっているところに建つ家へと案内された。

「さ、どうぞ。ただいまー」

前半は僕に、後半は家の中の誰かに声をかけながら、プリマベラさんは玄関に入る。

すると家の中から、とっとっとっと、こちらへ駆けてくる足音がした。

プリマベラさんとは違って、戦闘向きの足運びじゃない。

「おかえりー。あら、お客様？」

現れたのは、赤い髪をツインテールにした元気そうな女の子だった。僕よりはちょっと年上って感じだ。全体的に柔和な雰囲気のプリマベラさんとは違い、快活な印象を受ける。

「そうなの。森でモンスターに襲われていて」

プリマベラさんがそう言うと、ツインテールの女の子は心配そうに僕を覗き込んできた。

「大変だったね。大丈夫？」

彼女は少しかがむようにしながら、僕に尋ねてくる。

彼女のほうが背が高いので仕方ないが、そうして前かがみになられると、大きな胸がふにゅっと強調されて目のやり場に困ってしまう。

「う、うん……」

視線をそらしながらそう答えると、彼女はすぐに僕から離れてくれた。

「そう。それで……」

と言葉を区切った彼女は、プリマベラさんとアイコンタクトを交わしていた。

少し遅れてそれが、僕に帰る場所があるかどうかを確認しているのだとわかった。

帰るところがない、という話を口にしてしまうと傷つけると思ったのだろう。

だけどそれは誤解だ。僕はちょっと背が低めなだけで、そこまで子供じゃない。

僕の年ならもう職人に弟子入りしたり、冒険者になってみたりと、それぞれ家を出ることも普通なのだ。もちろん、学校に通う人や実家で暮らす人もいるけど、ちょっと森を歩いていただけで心配されるような歳じゃない。……と思う。

まあ、家がないって感じになっちゃったからかな。

旅をする冒険者や、店持ちを夢見る行商人でもない限り、家がないっていうのは何かしら事情がある人がほとんどだし。

僕は、彼女たちになんて言ったらいいのか迷ってしまった。

「とりあえず、お風呂に入ったら」

すると彼女はそう言って、僕を促した。今はまあ、水浴びしかしてないし、あまり綺麗な格好とはいい難い。

「事情はそのあと、ね」

この格好で家の中をうろつくのも、たしかによくなさそうだ。

それなら、お言葉に甘えて――。

なんて思っているうちに、

「さ、こっち。お姉ちゃんが綺麗に洗ってあげますね♪」

と言って、プリマベラさんがぐいぐい僕を引っ張っていく。

この感じだと、いっしょに入ってきそうな勢いだ。

「あ、あのっ、ひとりで入れますからっ……！」

僕はなんとかそう言って、彼女から離れる。

「あら……」

プリマベラさんは手をほどかれて少しさびしそうな顔をし……その後で不思議そうに自分の手を眺めた。焦って強引に離しちゃったけど、体格では負けているし、先程モンスターを一撃で倒した彼女の手を簡単に払えてしまうのは、たしかに変だったかも。

そのことも説明しないと、と思ったものの、彼女はなんだかふわっとした笑顔で言った。

「それじゃ、ひとりで入ってもらうけど、なにか困ったら呼んでね？」

「あ、はい、ありがとうございます」

なんだか、思春期の子への配慮……みたいなものを受けた僕だけど、それでもひとまずお風呂に入ることにしたのだった。

「はふぅ……」

しっかりとしたお風呂に入るのは、やっぱり気持ちがいい。

そんなふうに思ってくつろいでいたのだけれど、いざ上がってみると僕の服はなく、代わりのものが用意されていた。なにからなにまで悪いなと思いつつ、袖を通してみたら……。

これ、女の子向けだ。

ラフなワンピースを渡された僕は戸惑いながらも、裸でいるわけにはいかないのでおとなしくそれを着てみる。

(あれ？　もしかして僕、女の子だと思われてた？)

別に女顔ではないんだけど。なんて思いながら、彼女たちがいる部屋へと向かう。

「あの、お風呂、ありがとうございました。それで、僕の服なんですが……」

そう声をかけると、ツインテールの女の子が僕に答えてくれる。

「あなたの服は洗濯するから……。男の子用の服がなくて悪いけど……」

ああよかった。女の子だと思われていたわけではなさそうだ。

確かに、そうそう都合よく、他人の家にぴったりの服があるはずないもんな。

「かわいいから、大丈夫よね♪」

そんな彼女を遮《さえぎ》って、プリマベラさんがにこやかに言った。

かわいくはないと思うけど……。

「男の子だし、からかっちゃだめよ。でも、とりあえずそれしかないから」

ツインテールの女の子は僕と同じ意見だったみたいで、そう言ってくれた。

その言葉にちょっと安心する。

ほら、僕も男だし。かわいいよりは、かっこいいって言われたいところなのだ。……そんなに男らしくないのはわかっていてもね。

「そういえば、名乗ってなかったわよね。あたしはリエータ、よろしくね」

「よろしくお願いします」

「あともうひとり妹がいるんだけど……ま、あとで紹介するわね」

リエータさんははきはきと言うと、僕の髪へと目をとめた。

中途半端に切られたまま放置している髪だ。

「その髪型って、わざとじゃないわよね？」

リエータさんに尋ねられて、僕はうなずく。

「はい。モンスターに切られてしまって……」

次の町で整えようと思っていたのだが、やはり変みたいだ。

……しばらくこの髪型で、旅を続けちゃってたんだけど……。

「ふうん。そのままっていうのもあれだし、整えるくらいならできるけど？」

彼女はそう言いながらも、すでに準備を始めたようだった。

「さ、こっち」

促されて、僕は流されるままに椅子に座った。

彼女はカットクロス代わりの布を手早く僕に巻きつけると、ハサミを手に取る。

「最低限にしたほうがいい？　それとも、結構思いきっちゃっていい？」

「せっかくなら、思いきるほうで……」

「わかったわ。それじゃ、始めるわね」

僕が言うと、リエータさんは心なしかはずんだ声でうなずいた。

髪を切るのが好きなのだろうか、なんて考えていると、まず櫛で僕の髪をとかしていく。

「ん……」

彼女の手で髪をいじられるのは、なんだか心地がいい。

そのまま髪を梳《と》かされていき、彼女の手がハサミを掴んだ。

そしてそのまま、軽い音を立てて髪が切られていく。

リエータさんは慣れた手つきで僕の髪を切っていった。

「前髪切るから、ちょっと目をつむっててね。髪がはいっちゃうといけないから」

「はい」

言われて、目を閉じる。冒険者のクセというのもあるけれど、目を閉じていると聴覚がいつも以上に働いて、周りの音がよく聞こえるようになる。

ハサミが髪の毛を切っていく音や、僕の正面に回ったリエータさんの呼吸。

少し離れたところでこちらを見ているプリマベラさんの、どこか楽しそうな気配も感じ取ることができていた。

リエータさんのハサミは、順調に僕の髪を切っていく。

「リエータちゃんは本当に、器用よね」

その姿を眺めながら、プリマベラさんがおっとりと言った。

「お肉を解体できるのは、お姉ちゃんだけだけどね」

それに、リエータさんが答える。

先程見たプリマベラさんの剣技からしても、彼女なら狩猟だって余裕なのだろう。商人からお肉になっているものを買うよりも、自分で狩って解体したほうが当然、経済的だ。

雅《みやび》な遊びとしての狩りには様々なお約束や手順があるようだが、生きるための狩りは獲物さえ取れれば、それでいいのだ。

「うん、お姉ちゃん、大きな動きは得意だから♪」

そう言って、プリマベラさんが自分の腕を軽く叩くのを感じ取った。

目を閉じていても、ドヤ顔が浮かぶような声色だ。

そんな会話をしているうちにも、僕の前髪はどんどん切られていく。

「はい、もう目を開けていいわよ」

そう言われて目を開けると、すぐ側にこちらを覗き込むリエータさんの顔があったので、思わずドキリとしてしまった。前髪をチェックするために顔が近いのはわかっていたけれど、こうして至近距離で見つめ合うとなんだかドキドキしてしまう。

「あんたって……」

そんな僕を見ながらリエータさんが呟いて、何かを考え込むようにした。

どうしたんだろう？　もしかして、僕の顔を知っていたのだろうか？

勇者としては聖剣のほうが目立っていたはずだけれど、髪が伸びてくる前から、僕は別に顔を隠していたわけではない。

もしどこかで僕を見ていたなら、ちゃんとは覚えていなくても、見覚えくらいはあったのかも。

「ん、それじゃ、ほかももっと切っていくからね」

彼女は考えごとをやめて表情を明るくすると、そう言って僕の頭を軽く撫でてきた。

他人からこんなふうに頭を撫でられる機会なんてあまりなくて、なんだか不思議なくすぐったさを感じた。

「さて、それじゃ全体的に、さっぱりとさせていくわよ」

「はい」

「素直でえらいわね。じゃ、もう少しじっとしててね」

そう言って、リエータさんはハサミを動かしていった。

彼女よりはたぶん年下だから仕方ないのだけれど、ちょっと子供扱いされている感じがする。

特に抵抗はないから、いいんだけどね。

勇者として旅していたとき、最初の頃の僕は実際に子供だった。それでも大人たちから、あからさまに子供扱いされることはなかったので、少し新鮮な感じがするだけだ。

心地いいハサミの音を聞きながら、僕の髪は切られていく。

前髪を切ってもらったことで視界が開けて、なんだか明るく感じた。

モンスターとの戦闘中は神経も張り詰めているし、気配や音にも敏感だった。だからとくに視界が悪いとは思っていなかったけれど、こうしてリラックスしてみると大違いだった。

「だいぶよくなってきたわね。あとはもっと梳《す》いて、と」

彼女はハサミを持ち替えて、僕の髪を整えていく。

短くなったことでやや膨らんだ髪が、バランスを取り戻していった。

「ね、リエータちゃん、もう終わった？」

プリマベラさんが近づこうとする気配がする。

「まだ。お姉ちゃんもじっとしててね。手元が狂うと危ないから」

「むぅ……」

すると、ふたりにしかわからないやり取りをしたけれど、むくれているプリマベラさんはきっと、とてもかわいらしい表情だろう。

そんなことを思っていると、無事に髪が切り終わったようだ。

「はい、これでオッケー。ずいぶんさっぱりしたわね」

そう言うと、僕の肩に書かつている髪の毛を払ってくれる。

「ありがとうございます」

短くなった前髪に手を伸ばしていると、すぐ側《そば》で、待ちかねたような声がする。

「ヴィくんっ！」

「んぶっ！」

プリマベラさんなのがわかっていたので避けなかったが、抱きついてきた彼女の爆乳へと、僕の顔が埋まってしまう。

「んむっ……」

プリマベラさんはそのまま、むぎゅーっと僕を抱きしめてきていた。

おっぱいの柔らかさと、甘い体臭で僕は拘束されてしまう。

「もう、お姉ちゃんってば……まあ、わかってたけどね」

呆れたような声で言うリエータさんには、もう止めるつもりはないみたいだ。

「んー♪」

僕はむぎゅりと抱きしめられたまま、身動きが取れずにいる。

ちょっと息が苦しくなってきているけれど、でもまだ大丈夫だ。

それにしても、なんでいきなり抱きついてきたんだろう。

「まあ、髪を切ってみたら、思っていたよりも若かったし。仕方ないわよね……。それに、結構かわいい顔かも……」

後半はよく聞き取れなかったけど、リエータさんの言葉からすると、プリマベラさんは僕がかわいい小さい子だから抱きしめた、ということらしい。

それはもちろん、勘違いだ。

僕は、まあちょっと幼く見えることもあるかもしれないけど、このあたりの国では立派な大人といっても過言ではない年齢だ。

しかしそれと同時に、髪を伸ばし放題にして顔を隠した理由の一つが、僕の見た目には威厳がまったくないからだったことも思い出す。

やっぱり精悍な若者だとか、渋い顔のオジサンとかのほうが、勇者感はあるからね。

僕はどっちかっていうと魔法使い顔というか、インドア系だったから……。

そんなことを考えている間も、プリマベラさんのおっぱいにずっと顔をうずめている。

心地いいあったかさと柔らかさにぼーっとなって、理性が溶かされていくのを感じた。

ただ、気持ちよさに浸りすぎて、さすがにそろそろ息が苦しくなってくる。

僕は、プリマベラさんの爆乳拘束から抜け出そうと顔を動かした。

「あんっ♪」

むにゅむにゅんっとおっぱいを顔面で動かす形になり、プリマベラさんが色っぽい声を出した。

なんだかその声を聞くと恥ずかしい感じがして、僕はまた動けなくなってしまう。

「そんなふうに顔を動かしちゃだめ♪」

プリマベラさんに言われるまま、僕は固まってしまう。

「ってお姉ちゃん、それ、息ができないんじゃないの？　もうっ」

そう言って、リエータさんがプリマベラさんを引き剥がそうとしてくる。

「あぁん、リエータちゃんのいじわる」

「いじわるとかじゃないから。……大丈夫？」

リエータさんは僕を覗き込んで、そう尋ねてきた。

「うん……」

まだ頭がボーッとしたまま、ぼんやりとそう答える。

「もう、息が詰まって顔も赤くなっちゃってるじゃない。よしよし……」

そう言って、リエータさんが頭を撫でてくれる。

顔が赤いのは……苦しかったからではないかもしれないけど、それは黙っておくことにした。

「そうだヴィくん」

そこで、プリマベラさんが急に真面目な声を出す。これまでの感じとは違う雰囲気だ。

「行くところ、ないんでしょ？　今日はここに泊まってね」

「ありがとうございます」

そう言った途端、プリマベラさんがまたこちらへと飛びつこうとしてきた。

僕は誘惑を振り切って、それをかわす。

「あら……？」

「もうお姉ちゃん、また抱きしめようとしたでしょ？」

避けられて不思議そうなプリマベラさんに、リエータさんが詰め寄る。

「そうだけど……」

「とりあえずご飯にするけど、あまりヴィンターを構いすぎないようにね」

そう注意した彼女は、僕のほうに向きなおって言った。

「お姉ちゃんがなにかしてきたら、すぐに助けを呼ぶのよ。お姉ちゃんはかわいいものを見ると、すぐ抱きしめたり撫で回したりするんだから……」

そう言った彼女はちょっと心配げな目をしつつも、厨房のほうへ行ってしまった。

「大丈夫、そんなに見さかいなく飛びついたりはしないから……」

プリマベラさんはそう言いつつも、椅子に座ると期待に満ちた目で僕を見てきた。

「うっ……」

そしてぽんぽん、と自分の膝を叩く。ここに座れ、と言っているみたいだった。

もちろん他にも椅子はある。僕はおとなしく、そちらに座ればいいはずだけど……。

「………」

じーっと期待に満ちた目で見られると、そうもいかなそうだ。

僕はおずおずと、プリマベラさんの側に寄る。

すると彼女の顔がぱあっと輝き、こちらへと手を広げた。

「うぅ……」

そんな誘惑にはとても逆らえず、僕は彼女の膝へと座る。

「むぎゅっー♪」

その途端、彼女が後ろからがばりと僕を抱きしめたのだった。

柔らかな爆乳に今度は後頭部を埋められながら、プリマベラさんに抱きしめられる。

期待の目に負けたとはいえ、自分から飛び込んだので助けを求める場面ではない。

「んふ～♪　よしよし」

抱きしめられたまま、軽く頭を撫でられる。

むにゅむにゅと最高級の感触に包まれながら、僕はリエータさんを待つことになるのだった。


「フスィノ！　ご飯」

リエータさんが厨房から奥へと声をかける、そちらのほうで、誰かが動く気配があった。

先程聞いていた、もうひとりの妹さんだろう。

「あ、ヴィンター、今から紹介するのが……はぁ……」

部屋に来て僕に声をかけたリエータさんが、こちらを見てため息をつく。

「お姉ちゃん、さっき注意したばかりなのに」

「えー？　でも、私から無理に抱きかかえたわけじゃないよ？　ヴィくんのほうから私のお膝に座ってきたんだもの♪」

楽しそうに言うプリマベラさんに、再びむぎゅっと抱きしめられる。うぅ……。

その拍子に、もにゅんっと大きなおっぱいが頭にあたって、気持ちよさと気恥ずかしさを感じてしまう。

決して嫌ではないんだけど、なんだか落ち着かないというか……。

そんな僕に、「本当なの？」とリエータさんが問いかけてくるような目を向けた。

「そ、そうです……」

僕は素直に答える。

「そ、ならいいけど。でも、ご飯だから一度降りてね」

「はい」

「ああんっ、リエータちゃんのいじわるっ」

「意地悪とかじゃないから」

僕が膝から降りると、プリマベラさんがリエータさんに抗議していた。

まあでも、確かに膝の上でご飯を食べるのは難しいしね。

「羨ましいなら、リエータちゃんも膝をぽんぽんってしたらいいのに」

「……どっちにしても、ご飯だから」

微妙に歯切れ悪く言ったリエータさんが、ちらりと僕を見た。

一瞬のことだったので特に反応も返せなかったけれど、どうしたんだろう。

そんなことを思っているうちに、奥から少女が現れた。

「ん、お客さん？」

少女は軽く首をかしげながら、リエータさんに尋ねた。きれいな黒髪を肩辺りまで伸ばしている彼女は、どこか眠たげというか、ぼんやりとした雰囲気を身にまとっていた。

「そうよ。モンスターに襲われてたんだって」

「……なるほど」

彼女は僕をじっと見ると、そのまま近づいてきて、頭を撫でた。

「……無事でよかったね」

そしてそれだけ言うと、横の椅子に座った。

「彼女はフスィノ。ちょっとぼんやりしてるけど、この子も冒険者なの」

「……ぼんやりじゃない。省エネなだけ」

フスィノさんは眠そうにそれだけ言うと、そのままボーッとし始めた。いや、省エネなだけって話だけど。

「さ、ご飯にしましょ」

リエータさんが手早くテーブルに料理を並べていく。

僕が思わず立ち上がって手伝おうとすると、やんわりと止められた。

「ヴィンターは座ってて。今はお客さんだし」

「はい」

おとなしく座り直しながら、今は、という言い方について考えていた。

ここは宿屋さんってわけでもなさそうだし……。

ま、いいか。難しいことを考えるのは、あまり向いてない。

基本的に言われるまま、魔王討伐の旅をしてきてたしね。

それに、聖剣を持っていたこともあって戦闘能力は高かったから、いざとなれば罠にかかった後でも切り抜けることができていた。

その経験もまた、僕から思考力と警戒心を奪っていったのだろう。

動物だって、草食動物のほうが警戒したり多くの情報を取り入れたりする。上位の肉食獣は狩りは上手くても、獲物を見つけたら襲うっていう単純な頭脳だったりするし。

と、自分の無警戒を納得しながら、料理へと手を伸ばしていく。

根菜と豆類の入ったスープは、味付けがしっかりとしていた。

汗を流すことが多い、冒険者向けの味付けだ。

同じく旅をしていた僕にも、そのスープはじんわりと染み込んでくる。

「すごく美味しいです！」

「そ、そう……？　よかったわ」

僕が素直に言うと、リエータさんがちょっと顔を赤くしながら答えた。

そのまま暫くは、静かに食事を続けていく。

いや、プリマベラさんが熱心にこちらを見ているし、フスィノさんも気になるのか視線はさほど動かさないまま、こちらに注意を向けているのがわかる。

冒険者と聞いていたから、そういう術《すべ》も心得ているのだろう。

モンスターに「襲われていた」という説明から、僕が冒険者だとは思っていないようだ。なので、探るような気配については、注意を払ってないんだと思う。

まあ、別に探られて困ることもしないし、家に来た知らない人が気になるのは当たり前のことだよね。ちょっと落ち着かないけど、それだけだ。いや、それも正直、熱心に僕を見ているプリマベラさんの視線のほうが、よっぽど落ち着かないしね？

好意なのはわかっているけど、そんな視線を女の人から向けられることなんてないし……。

勇者だった頃は、あくまで憧れとか期待とか、一歩ひいたものばかりだった。

こんなふうな……ペットの犬をかわいがりたい、みたいな感じの視線は経験がない。

ともあれ、食事も一段落ついたところで、プリマベラさんが切り出した。

「ヴィくんは、帰るところってないんだよね？」

「ええ、そうですね」

「どこか、旅で目指してるところはあるの？」

そう問いかけられて、僕は答える。

「一応、王都に行こうと思っています」

僕のことを……別に帰還を待ってはいないだろうけれど、一応受け入れてくれるはずの街だ。

平和になった世界の元勇者なんて、問題のほうが多そうだけど……まあ、僕はこれまでもおとなしく言われるままにしていたし、たぶん大丈夫だろう。

もしかしたらいろんな派閥が取り込もうとしてきて、ちょっと混乱はするかもしれない。

仮にも元勇者だから利用価値はありそうだし……それを差し引いたとしても、トップクラスの戦闘力が手に入るとなれば、使いみちはいろいろありそうだ。

僕自身には、よくわからないけどね。

そんなことを考えながら答えると、プリマベラさんは笑顔を浮かべた。

「それじゃ、急がないなら、しばらくはここでゆっくりしていってね」

「いいんですか？」

僕は、少し不思議に思って尋ねる。

格好からお金を持っているようには見えないだろうし、僕によくするメリットはあまりない。

もう日が落ちているし、今日泊めてくれるのは咄嗟《とっさ》の善意だとしても、明日以降は別だ。

けれどプリマベラさんは、にこにことしながらうなずく。

「うん♪　ほら、女ばかりだし、ヴィくんみたいな男の子がいると助かるし」

「あ、それなら、冒険者の仕事を手伝わせて下さい」

せっかくなので、そう提案してみる。

「……ヴィくんは王都に行って、冒険者になるつもりだったの？」

「えっと……まあ、そうですね」

「そうなんだ。男の子だね」

プリマベラさんが慈愛に満ちた笑顔で言う。

冒険者は、多くの男子が憧れる職業だ。モンスターと戦って活躍する物語も多いし、自由な感じがするからね。実際はそうそうすごい活躍なんてできないし、命の危険はわかっているからいいとしても、他に大変なこともたくさんある。

下準備も多いし、モンスター以上に山道や自然が驚異となることもある。

そういった部分は大変なのに地味で、憧れていた人にとっては「思っていたのと違う」と感じることも多いのだろう。それでも、そういうのはやってみないとなかなか実感できないもので、冒険者に憧れる若者はたくさんいる。

だから僕も、そんな男の子のひとりだと思われたんだろう。

ともあれ、僕は不思議な居心地の良さをここに感じていた。魔王を倒してからの帰り道は、これまで見えていなかった景色を楽しむことができていたけれど、中でも今日の体験は格別だ。

「ヴィンターは、武器が使えるの？」

フスィノさんが問いかけてくる。

おとなしい感じだったけれど、じっと僕を見ている目には好奇心が感じ取れた。

「はい。一応、剣なら扱えます」

「そうなんだ」

僕が答えると、彼女は小さく微笑んだ。

「へえ、意外ね」

リエータさんが僕を見ながら言った。背も低く、華奢だからだろう。

魔法使い系はともかく、剣や槍などの武器を扱う冒険者は、やはり体格に恵まれている人が多い。

プリマベラさんも細くはあるけれど、背は高いほうだ。

対して僕は、リエータさんよりも背が低い。

「あ、もちろんパワータイプじゃないですよ」

速さメインの僕は、ある意味見た目通りの戦闘スタイルだ。

勇者であることはさすがに言えないけれど、僕もぽつぽつと自分の話をしたのだった。

そうして、お互いのことがもう少しだけわかったころ。急にプリマベラさんが言い出した。

「ね、ヴィくん、行くところがないなら、このままうちの弟になっちゃわない」

「えっ!?」

プリマベラさんの提案に、僕は驚きの声をあげた。

「ほら、お姉ちゃんって呼んでみて？」

ずいっと彼女が迫ってくる。彼女の整った顔がすぐ近くにあるのが、なんだか恥ずかしくなって、僕は少し身を引いた。

「ね？」

にこやかにそう言われると、なんだか断れない感じと、不思議なあたたかさを感じた。

お姉ちゃん……それは、僕にとって縁のなかった言葉だ。

ずっとひとりでいた僕には、遠かった言葉。でも……。

魔王を倒して、僕の役割は終わって。もう勇者じゃなくなった僕は、これまでとは違う生き方をしてみてもいいのかもしれない。

「お姉ちゃん……」

「ヴィくん！」

「うぶっ……」

口の中で小さく呟いてみたのに、プリマベラさんにぎゅっと抱きしめられた。

また、彼女の胸で顔が塞がれる。

いい匂いと暖かさ、そして柔らかさに包み込まれながら、幸せな息苦しさを感じた。

「もう、お姉ちゃん、離れて」

今度は比較的早く、リエータさんが助けてくれる。

「はふっ……」

開放された僕が呼吸を整えていると、すっとフスィノさんが近づいてきた。

「わたしも、お姉ちゃん？」

そう言いながら、今度はフスィノさんに抱きしめられる。

ちょっとけダルげな様子とは違い、結構しっかりと抱きしめてきた。

そうなると当然、フスィノさんの大きな双丘も僕の胸に押しつけられる。

プリマベラさんと違い、身長差がないので呼吸には困らないが、胸を当てられて、なおかつ顔も近いとなると、これはこれですごく恥ずかしくて緊張してしまう。

「弟……なんだか新鮮……よしよし」

いちばん年下だったからか、彼女は僕を抱きしめながら頭を撫でてくる。

安心感と緊張という相反する感覚が僕の胸で渦巻いた。

「あっ、フスィノまで……でも、まあ、そっか」

末っ子の妹が、弟ができてテンション上がるのは理解できるからなのか……あるいは、フスィノさんに抱きつかれているのを見て、再び僕に飛びついてこようとする姉を止めるので精一杯だからなのか。リエータさんも今度は止めに入らず、僕はフスィノさんに抱きしめられたままになった。

そう、息苦しいわけじゃないからこそ、脱出のきっかけがつかめず、僕はどうしていいかわからないまま、抱きしめられているしかないのだった。

でも……抱きしめられて緊張こそするものの、こうしてわいわいとした暖かな空間にいるのは、なんだかとても心地よかった。

「ん」

そんな僕を見て、リエータさんが笑みを浮かべる。

「ヴィくんっ！」

「あっ、お姉ちゃん」

その隙をついたプリマベラさんが、リエータさんを振りほどいて僕とフスィノさんをまとめて抱きしめた。

「うにゅっ……プリマ姉……くるしぃ……」

フスィノさんは抗議の声をあげながら、抱擁から抜け出そうとしていた。

「あぅ、うぁ……」

僕はむにゅむにゅとふたりに抱きしめられて、頭が沸騰しそうだった。

「もう……えいっ」

ひとり取り残されていたリエータさんまで、僕たちに抱きついてくる。

ふにゅっ、ぎゅむっ、むにっ……っと三人に抱きしめられてしまった僕は、ほわほわした頭のまま、その気持ちよさを感じていることしかできないのだった。

※

そうして、夜も更《ふ》けていき、寝ることになったのだけれど……。

「えっと……」

僕はベッドの中で、落ち着かず小さく身じろぎをする。

というのも、僕はなぜかプリマベラさんのベッドで、彼女といっしょに横になっているからだ。

来客に対応したベッドなんてない、というのは当然のことなので構わない。

僕としては、屋根のあるところに泊めてくれるだけでもありがたく、リビングの床に寝かせてもらえれば十分だった。

そうでなくても、ソファを借りるとか、そのくらいを想像していたけれど……。

夕食の後、誰が僕と寝るか、というじゃんけんが行われ、勝ったプリマベラさんに意気揚々とベッドへ連れてこられてしまったのだ。そして……。

「さ、ヴィくん、お姉ちゃんといっしょに寝ましょうね」

そう言った彼女は、僕をベッドに引き込んでしまった。

「あぅ……」

ぽすんとベッドに入れられると、甘い彼女の匂いに包み込まれてしまう。

そしてすぐに、むぎゅっと抱きつかれる。

「ん♪　ヴィくん、ぎゅー」

プリマベラさんは僕を抱きまくらにするかのように、しがみついてきた。

その大きな胸が、僕の顔にあたる。

密着した身体を感じていると、だんだんと落ち着かない気分になってきた。

「ん、こうして抱っこしてると、すごくぽかぽかするね」

「うぅ……」

彼女の声が耳元から聞こえて、耳朶《じだ》をくすぐってくる。

吐息がかかり、背中には魅惑の感触。

「やっぱりフスィノちゃんとは違って、男の子って感じがする。んー♪」

彼女は僕の首元に顔を寄せて、そのままグリグリと動かした。

「うぁ……」

プリマベラさんに抱きつかれて、その柔らかな身体を感じながら、くすぐるように刺激されて……。

僕はむずむずとした感覚に襲われてしまい、身をよじった。

彼女に背を向けて、ダメージを軽くしようとする。

「お姉ちゃんから逃げないの。めっ」

「うっ……」

後ろから力が込められて、むぎゅっと胸が押しつけられる。

今度は背中に柔らかさを感じて、彼女の手がお腹のあたりをしっかりと掴んでいる。

プリマベラさんは僕を刺激して、昂ぶらせる。

それを隠そうと身を捩《よじ》るものの、プリマベラさんは僕を放そうとしない。

それどころか、抱きしめるついでとばかりに、僕の胸やお腹をさすり始めた。

「あっ、だめ、んっ……」

「ぎゅー、すりすり……。結構鍛えてるんだね」

プリマベラさんは、僕の身体を撫で回しながらそう言った。

「男の子だもんね。不思議な感じ……それに……こうしてると、なんだかちょっとドキドキしてきちゃう……」

「うぁ……」

ギュッと抱きしめられて、身体を撫でられて、耳元でそんなことを言われて、僕のほうはちょっとどころじゃなくてドキドキしっぱなしだった。

「ふぅ、ん……なんで逃げようとしたの……？　ね、教えて？」

「あぁ……」

プリマベラさんはこれまでよりもずっと色っぽく言いながら、僕の身体を撫でてくる。

これはもう、わざとだ。ペットに対するようなかわいがり方じゃない。

そんなことを思ってると、彼女の手がお腹からさらに下ってきた。

まずい、と逃げ出そうとするけれど、むぎゅっと抱きしめられていることと、僕の中に期待する部分があったことで反応しきれず、彼女の手がそこに伸びてきた。

「あぅっ……」

ズボン越しに膨らんだところが、プリマベラさんの手にきゅっと握られてしまう。

それだけで快感がはしり、僕は反射的に腰を引いた。

「ヴィくん、ここ……すごいことになってるね」

「うぅ……」

恥ずかしさで僕が僕が小さく呻《うめ》くと、プリマベラさんはこちらをいたわるような声になった。

「大丈夫……男の子は、おちんちん大きくなるものだからね。健康な証拠だよ♪」

彼女はそう言いながら、ズボン越しの肉竿をくにくにと弄ってくる。

「うぁ……だめ……やめて、んっ……」

女の人の手で触られて、気持ちよさに戸惑いながら言うけど、プリマベラさんは手を止めずに言葉を続けた。

「お姉ちゃんに抱きつかれて、おちんちん硬くしてくれたんだね♥　ふふっ……それだけ、魅力的だったたってことだよね」

抱きつかれて勃起してしまったのに、彼女は気を悪くするどころか嬉しそうに言いながら、僕のズボンをますます擦ってくる。

「ほら、ヴィくんのおちんちん、ガチガチになってる♥　すりすり……こうやって触られるの、気持ちいい？」

「うぅ……気持ちいいです。だからっ、もう放して、うぁ……」

ズボン越しとはいえ、綺麗なお姉さんにこんなふうに弄《いじ》り回されていると、出してしまいそうになる。それは恥ずかしいのでやめるように頼んでも、プリマベラさんは手を止めずに楽しそうにするだけだった。

「でも、おちんちん、大きくしたままじゃ苦しいよね？」

「あっ……」

彼女の手が離れた一瞬、思わず寂しそうな声が漏れてしまう。

それを聞かれてしまい、プリマベラさんはさらに嬉しそうな声で言った。

「ヴィくん……お姉ちゃんの手で、気持ちよくしてあげるからね」

「う……」

そのとろけるような声に、僕はもう抵抗する気もなくなっていった。

後ろから軽い衣擦れの音。そして改めて後ろから抱きつかれ、おっぱいが押し当てられた。

「あっ……」

さっきまでよりもはっきりと、その柔らかさが感じられる。これはたぶん……。

「んっ♥　ヴィくん、あまり動かないで」

プリマベラさんが、直接、生のおっぱいを当てているんだ。

僕の服一枚だけを隔てて、プリマベラさんの爆乳が僕に当たっている。

それを意識するだけで、さらに興奮してしまった。

「直接触って、気持ちよくしてあげる」

「あぅっ……」

プリマベラさんの手が、パンツの中へと入ってくる。

そして細い指が僕の肉棒に触れ、きゅっとその先っぽを掴んできた。

「あぁ♥ すっごく熱くなってる。おちんちん、硬くて熱くて、すごいね……」

直接握られると、ズボン越しとは段違いの気持ちよさがはしった。

お姉ちゃんの手で肉竿を握られて、刺激されているのだ。

「あぁ……」

「ふふっ♪ いっぱい気持ちよくなってね。しこしこっ、しゅっしゅっ♪」

彼女の手が狭いパンツの中で器用に動き、肉棒をしごいてくる。

その気持ちよさが僕を追い詰め、身悶えさせる。

「あぁ……プリマベラさん、んぁ……だめ、あぁ……」

僕が言うと、彼女はぐっと肉棒を握って、より力強くしごき始めた。

それは、緩やかに気持ちよさを高めていた今までとは違い、すぐにでも出させてしまうかのような動きだ。じゅこじゅこと強くこすられて、暴発しそうなほどの快感が襲ってくる。

「お姉ちゃん、でしょ？」

「プリマベラお姉ちゃんっ！ だめ、あ、出ちゃっ、んっ……」

「んっ♪ よく言えました。お姉ちゃんがいっぱい気持ちよくしてあげるからね」

「あうっ……」

彼女の手から力が抜けたので、強制射精はどうにか免れた。

だけどいっぱいしごかれた肉棒は、もう爆発寸前なほど高まっている。

「このまま出ちゃうと大変だし、パンツ、脱いじゃおっか。ほら……」

「うぅ……」

彼女は後ろから、パンツごと僕のズボンを下ろしてしまう。

丸出しにされてしまった下半身を、あらためてお姉ちゃんの手が包み込んだ。

「あっ……プリマベラお姉ちゃん……」

むき出しになった僕の身体に、ぴとりと肌の感触。

むっちりとした柔らかな腿が、後ろから僕の脚にこすりつけられる。

今、僕に後ろから抱きついているプリマベラさんも、下半身にはなにも身につけていないのかもしれない。それを意識した瞬間、どくんっと僕の胸が高鳴った。

「ふふっ……ヴィくん、気づいちゃった？　お姉ちゃんも、下はなにも着てないの……だって、汚しちゃうから」

「あぅっ……」

それはつまり、彼女も感じているということで。

プリマベラさんの大事なそこを意識すると、えっちな気持ちがさらに膨らんでいった。

「あっ♥　おちんちん、ぴくんって跳ねたね。想像、しちゃった……？」

耳元でえっちに囁かれて僕はどうしようもなく、小さくうなずいた。

すると彼女は、嬉しそうにしながら続けた。

「そうなんだ♪　お姉ちゃんのアソコ、想像しちゃったんだ♥　さ、それじゃいっぱい気持ちよくなって、白いのぴゅっぴゅってしようね♥」

「あぁっ……！」

プリマベラさんの両手が、僕の肉竿を扱き上げていく。先程まででもう限界まで高められていたそこを擦り上げられて、睾丸から精液が登ってくるのを感じた。

「しゅっしゅっ……しこしこっ♪　おちんちん膨らんできてるね？　もうイっちゃう？　せーえき、出ちゃう？」

「うんっ……もう、あぁっ……」

僕が答えると、限界寸前の肉棒を追い込むように手コキが激しくなっていく。

「いいよ、イって。あふっ……お姉ちゃんの手で気持ちよくなって、せーえきぴゅっぴゅって出しちゃおうね？」

「ああっ、プリマベラお姉ちゃんっ、あっ、んぅっ……」

「あぁ♥　かわいい声……♥　いいよ、出して。お姉ちゃんの手に、ヴィくんのせーえき、いっぱい出して」

リズミカルにしごかれ、快楽が膨らんでいく。そしてプリマベラさんの手に導かれるまま、僕は限界を迎えた。

「出ちゃうっ、あ、あぁっ！」

びゅるるっ！　びゅく、びゅくんっ！

彼女の温かな手の中で、僕は射精した。

イった瞬間、彼女の片手が先端を包み込み、もう片方の手が絞り出すように動いた。

「あぁ……」

その気持ちよさに任せて、僕は精液をどくどくと放っていく。

「あはっ♪　すごいね、ヴィくん。せーえき、いっぱい出てる。あぁ……♥　私の手の中で、おちんちんびくんびくんしてる♥」

「うぅ……あぁ……」

あまりの気持ちよさに、呻くことしかできない。

プリマベラさんの手の中でする射精に、僕は溶かされていった。

「あぁ♥　ヴィくんえらいね。いっぱいお射精できたね♪」

彼女の手の中に精液を出し切ると、気持ちよさの余韻で、僕はぐったりとしてしまう。

「いいよ、そのまま寝ちゃって。すっきりしたし、よく眠れるでしょ」

「あぅ……」

優しい声と気持ちよさに包まれながら、僕はまどろんでいく。

幸せすぎて、気持ちよすぎて、全部夢みたいだ。

これから、ここでお姉ちゃんたちに囲まれて暮らしていくのだろうか……。

それはとても幸せで、ある意味ではとても大変そうだ。

そんなふうに思いながら、意識を手放したのだった。

第二章　新しい暮らし

僕がプリマベラさんたちの家にお世話になってから、十日ほどが過ぎていた。

泊めてもらうどころか、もう弟としてすっかりと定着してしまった感がある。

プリマベラさんはわかりやすく僕を甘やかしてくるのでいちばん目立つけれど、リエータさんもさりげなく気遣ってくれるし、今までいちばん下の妹だったフスィノさんは弟ができて喜んでくれているみたいだ。

髪の色や雰囲気の違いでもわかるように、三人も実は、生まれながらの姉妹ではないという。

そのため、僕を受け入れるのもかなりスムーズだった、ということみたいだ。

「んむ……んにゅー」

目が覚めた途端、隣からむぎゅっと抱き締められた。

「あぅ……」

フスィノさんはまだ眠ったままで、僕を抱き枕にしているようだった。

絡《から》まるように抱き締められ、その大きなおっぱいやさらさらの髪、すべすべの腿が僕の身体に当たっている。

朝からかなり刺激の強い状態だ。

……弟として迎えられた僕は、三人のお姉ちゃんのベッドにかわるがわる呼ばれて添い寝をされる、という生活を送っていた。

いや、僕もそれはおかしいと思っているのだ。

でも、三人はそろって、弟とはそういうものだって言う。

実際、彼女たちも来た直後は添い寝していた、と言われてしまうと、郷に入りては郷に従えというか、基本的に流されやすい僕は逆らえないのだった。

「んぅ……」

そんなふうに思っていると、まだ寝ているフスィノさんがさらにぎゅっと抱き締めてきて、身体が密着してしまう。

「うっ……」

僕は朝の生理現象が当たらないように腰を引きながら、これ以上まずい状況になる前に彼女を起こすことにした。

「おきてください、おはようございます、フスィノさん」

抱きつかれた姿勢から、何とか手を伸ばして彼女を揺する。

「んぅ……あっ……ふぅ……」

「ちょっと、起きてください」

一瞬ゆっくりと目を開いたものの、彼女はへにゃっと頬笑むと、そのまま目を閉じて二度寝しようとした。

僕はその身体をもう一度揺すり、起こしていく。

「うぅ……あと五時間……」

「お昼過ぎちゃいますよっ！」

そう言いながら身体を揺すってみるものの、フスィノさんには起きてくる気配がない。

毎回そうだ。彼女は寝るのが好きみたいで、なるべくベッドの中で粘ろうとする。

常に僕より先に起きるリエータさんとは対照的だ。

「お昼過ぎたら……またねたら……そのうち朝になる……」

「一日経ってるじゃないですかっ」

結構大きな声でつっこむものの、彼女はふにゃふにゃとまどろんでいる。

「ん。そーいう日もある」

「ないですよ」

「大丈夫……ヴィンターもいっしょに寝よ？」

そう言いながら、彼女はむぎゅっと僕の顔を胸へと抱いた。

むにゅんっと柔らかな双丘に顔を埋める形になり、彼女を起こそうと抵抗する力はぐっと落ちてしまう。

単純に、体勢的に難しくなったというのもあるし、その柔らかく温かな胸に包まれていると、注意が散ってしまうというのもある。

「んー♪」

フスィノさんは僕を抱き締めたまま、気持ちよさそうにまた寝ようとしている。

僕はひとまず逃げ出そうとするけれど……。

「だーめ……逃げないの」

「あぅっ」

かえって強く抱き締められて、また密着してしまう。そうなると、生理現象と抱き締められたことが重なって膨らんでしまっているそこが、逃げ場をなくして彼女の身体に当たる。

「あっ……ヴィンター、ここ……」

フスィノのさんの足が僕の腿《もも》を割って入ってきて、膝《ひざ》で股間を押してくる。

ふにふにとそこを刺激されて、僕は顔が熱くなっていくのを感じた。

「大きくなっちゃってるね……？」

「だ、大丈夫です……」

「そう？　……でもこれ、こんなに硬くなってる……」

そう言いながら、彼女は腿を動かしてさらにすりすりと刺激を加えてきた。

「やめ、あぁっ……」

僕が腰を引こうとしても、彼女の足がしっかりとついてきて刺激を続けていた。

お姉ちゃんたちは僕を弟として甘やかしてかわいがりつつ、こうやってえっちなこともしてくるのだった。

困ってしまうような、でも嬉しいような感じで、僕は好き放題されている。

「ね、このまま……すっきりする……？」

「うぅっ……」

フスィノさんの腿が、ズボン越しに股間を往復して擦り上げてくる。そうやって愛撫されていると、僕はどんどん追い込まれてしまう。フスィノさんとも、しちゃっていいんだろうか。

本当は真剣に離れなきゃいけないのに、その気持ちよさに僕から抵抗の意思が奪われていってしまう。

「ふたりとも、もう朝よ！」

と、そこでリエータさんが部屋に来た。

「むぅ……」

フスィノさんが不満げな声をあげる。

「はいはい、早く起きて」

リエータさんに急かされて、フスィノさんは僕を解放すると、のろのろと立ち上がった。

それに遅れて、僕もベッドから出る。

「ほら、早く顔洗ってきなさい」

フスィノさんが仕方なさそうに従うのを見送って、僕もそれに続く。

彼女に刺激されてしまった股間が目立つ状態なので、さりげなく手で隠していたけれど、リエータさんがちらりと視線を向けたので、どうやらばれているようだ。

恥ずかしさに背中を丸めたけれど、リエータさんは特に指摘することもなかった。

三人とも僕を甘やかしてくれるけれど、こういうときの反応の違いもまた不思議な感じだ。プリマベラさんだと、たぶん気付いた途端に近寄ってきて、鎮めてくれる方向で僕を甘やかそうとするだろう。

そんなことを考えながら、僕も顔を洗いに行くのだった。

基本的に、プリマベラさんとフスィノさんが冒険者としてモンスター退治に出ていて、リエータさんが家のことを行っている。

僕もモンスター退治のほうなら経験あるので、手伝いを申し出てみたんだけど……。

最初に武器も持たず襲われていたからか、あるいはいちばん下の弟ということで過保護なのか……。

結局、「そんなこと気にせず、ゆっくりしてていいんだよ」と甘やかされてしまったのだった。

それどころか、まだ何もしてないのに「頑張り屋なんだね」「健気だね」みたいな感じで、どんどん甘やかされてしまっている……。

完全に善意だというのが伝わってくるので、僕もあまり押し切ることができず、冒険者としてモンスター退治にいくことは今のところないのだった。

さすがにこの状況で、できるって証明するためだけに、ひとりでモンスター退治をするのも違う気がするのだ。

これまでの僕なら、すぐにそうしていた気もするけど……。

ここへ来てから甘やかされて、大事にされているのが伝わってくるので、僕の意識も変わってきているのだった。

「いってらっしゃい」

「ん、いってくるね♪」

そんなわけで、僕は今日もリエータさんといっしょに、ふたりを見送る。

ふたりが出かけた後も、僕は基本的にすることがない。

「ね、ヴィンター」

そんな僕を見かねてか、リエータさんが声をかけてきてくれる。

「倉庫の荷物を整理してきてくれない？　モンスターの素材とかを、数えておいてほしいの」

「はいっ」

することが与えられて、僕が元気よく頷くと、彼女も軽く笑みを浮かべた。

「ん、お願いね」

僕はメモを持って、倉庫のほうへと向かう。

甘やかし方が違うだけで、結局リエータさんにも思いっきり甘やかされているよなぁ。

※

リエータさんに頼まれた荷物整理も終わり、おとなしく待っていると、プリマベラさんたちが帰ってきた。

「ただいまー」

「おかえりなさい」

料理の準備をしているリエータさんにかわり、僕がふたりを出迎える。

「ただいま、ヴィくん」

僕を見たプリマベラさんは、すぐに飛びついて抱き締めてくるのだった。

「うぐっ」

彼女の爆乳にむにゅんっと抱え込まれて、僕の顔が埋もれる。

プリマベラさんはいちばんスキンシップが多くて、僕はよく抱き締められている。

柔らかな感触に包まれていると、身体から力が抜けてしまう。

ここへ来てから繰り返し何度も、彼女にはとろかされてしまっていた。

それに……。

甘やかしの方法は違いつつ、甘やかしてくるのは三人とも同じなのだけれど、中でもプリマベラさんは他のふたりよりも、えっちな甘やかし方をしてくることが多かった。

そのせいか、プリマベラさんに抱き締められていると、柔らかさや温かさによる安心感の他に、むずむずと落ち着かない気分になってきてしまうのだ。

「ほらお姉ちゃん、いつまでもヴィンターにくっついてないで」

「はーい」

キッチンのほうから顔を出したリエータさんに言われて、プリマベラさんが素直に答えると僕を解放する。

「ヴィくん、あとでね？」

そして僕に意味ありげな微笑みを向けると、リビングのほうへと向かっていくのだった。

「ヴィンター、ただいま」

「お帰りなさい」

そしてフスィノさんも、僕にただいまのハグをしてくる。

むぎゅっと抱き締められてると、彼女の顔がすぐ側にあった。

背が高いプリマベラさんには、抱き締められているって感じが強いけれど、フスィノさんとは抱き合ってるって感じがする。

身長差がないからだと思う。

「んっ」

満足したように離れた彼女も、そのままリビングへと向かった。

僕もその後についていく。こうして、三人のお姉ちゃんたちにすっかり甘やかされる生活が、普通になってしまっているのだった。

※

そして寝るときは、もちろんお姉ちゃんのベッドで、だった。

今日はプリマベラさんの番なので、僕は彼女のベッドへと呼ばれる。

「ふふ、ヴィくん♪」

彼女は僕をぎゅっと抱きしめると、その豊満な胸に顔を埋めさせる。

抱き締めること自体は、日中でもいつもされるのだけれど、こうしてベッドの中でされると他の意味が加えられる。

最初の日にされたことをきっかけに、夜のプリマベラさんは、弟や家族としてではない甘やかしを行ってくるのだ。

「ヴィくんの硬いのが、当たってるね♥」

「あぅ……」

僕を抱き締めたまま身体を動かし、ズボン越しにモノを擦り上げて刺激してくる。

「私の身体で、私にぎゅーってされて、おちんちん、今日もこんなにしちゃったんだ？」

「うん……」

嬉しそうに言うプリマベラさんに、僕は素直に頷く。

すると彼女は笑みを深くしながら、その手を僕のパンツへと滑り込ませてきた。

「そうなんだ♪　それじゃ、おねーちゃんが責任をもって、ヴィくんのおちんちん気持ちよくして、白いの出させてあげるね♥」

「あぅ……」

プリマベラさんの柔らかな手が、僕の肉棒を優しく撫でて擦ってくる。

「こんなに熱くなって……ふふっ、私の手、いつも気持ちいい？」

「うん……」

そう言いながらぎゅっと抱きついて、そのおっぱいに顔を埋めると、プリマベラさんはぴくんと小さく反応した。

「ん、もうっ。お姉ちゃんのおっぱい好き？」

「好き……」

「あんっ♥」

素直に答えると、彼女は甘い声をあげる。

「そうなんだ。嬉しい♪　それじゃ、お姉ちゃんのおっぱい、好きにしていいよ？」

甘やかすような慈愛に満ちた声に、期待が混じっているのを感じる。

僕を気持ちよくしたい、いろんな意味でかわいがりたいというのも本心なのだろうけれど、それと同時に気持ちよくしてほしい、とも思っているみたいだ。

僕としても、プリマベラさんのおっぱいを好きに触っていいと言われれば、ドキドキしながら嬉しくなる。

だから顔を埋めているその双丘へと手を伸ばし、両手で触れていく。

「んっ♥」

むにゅんっと柔らかな感触が伝わってきて、気持ちがいい。

僕はゆっくりとその爆乳を揉んでいく。

「ん、あぁ……ヴィくんの手、んっ♥」

プリマベラさんはいつもよりも甘い声をあげて、僕を興奮させてくる。

「服、脱ぎ脱ぎしちゃおうね」

そう言いながら、プリマベラさんは僕の肉竿から一度手を離す。そして、そのまま僕の服を脱がせていった。

日中だって、弟としての甘やかしで着替えを手伝おうとしてくるときもあるのだけれど、そのときとは手つきがぜんぜん違う。艶めかしく動く手が僕の服をまくり上げて、肌に直接触れてくる。胸を撫でお腹へとおりた手が、ズボンにかかった。

プリマベラさんはそのまま、パンツごと僕のズボンを下ろしてしまう。

「わっ♥　おちんちん、ぴよんって飛び出してきたね」

もう硬く勃っているそこが出てきたのを見て、プリマベラさんは興奮混じりの嬉しそうな声をあげた。

「あぅっ……プリマベラさん、んっ」

彼女の手が飛び出た肉竿を掴み、そのまましごいてくる。

「あんっ、ヴィくん、んんっ♥」

僕はお返しとばかりに、彼女の服を脱がせていく。

シャツをまくり上げると、たゆんっと揺れながら大きなおっぱいが出てきて、思わず目を奪われてしまった。

その魅惑の果実に直接触れ、柔らかさを堪能していく。

「あ、ん、あふっ……んんっ♥」

むにゅむにゅと指が沈み込み、隙間からいやらしく乳肉がはみ出してきていた。

「プリマベラさん、どうですか？」

その乳房を揉みしだきながら、彼女を見上げる。

「あっ♥　ん、ヴィくん、すごくいいよ♥　あ、んぅ！　おっぱい、えっちな手つきで触られて、私、あ、あぁっ……！」

顔を隠して、色っぽい声を出すプリマベラさん。優しく包み込んで甘やかしてくれるお姉ちゃんの、感じている女としての表情が僕の興奮を高めてくる。

「あ、んぁ♥　あぁ……もっと、んっ……」

もにゅもにゅとおっぱいを揉んでいると、その柔らかな乳房の頂点にしこりのようなものが感じられ始める。

「プリマベラさん、これ……」

「んぁあっ！」

その部分を擦り上げると、彼女はひと際大きな声を漏らした。

爆乳の上でちょこんっと存在を主張している乳首が、ひたすらに柔らかな乳房とは違う硬さで僕の指を押し返してくる。

「んぁ、あっ、ヴィくん、そこ、あっ、気持ちいいっ……！」

指先でくりくりといじり回してやると、プリマベラさんは、もっととねだるように胸を突き出してきた。その期待に応えるように、僕は勃起乳首をいじり回していく。

「ん、くぅっ、あぁ……」

プリマベラさんの乳首をいじりながら、おっぱいをこね回していった。

「あっ、んぅ。私、ん、あぁ……♥」

お姉ちゃんが、僕の手で気持ちよくなっている。

嬉しくなった僕は、さらに執拗に胸を責め続けていった。

「んはぁっ♥　あ、あぁ……！　ヴィくんの手、えっちすぎて、あ、私、んぅっ……感じて、あぁ、あぁっ……！」

快楽に身体を揺らすと、そのおっぱいも弾む。

ぶるんと揺れるその果実を堪能していると、プリマベラさんが潤んだ瞳で僕をまっすぐに見つめ、お願いしてきた。

「ヴィくん、あふっ、ん、あぁ……。ね、アソコのほうも、触ってほしいの。ほら、ヴィくんにおっぱいを揉まれて、こんなになっちゃった……」

彼女は僕の手を掴み、自らの股間へと誘導していく。

「あ……」

僕の指は下着越しに、プリマベラさんのえっちな花園に触れる。

もう湿っている感触が伝わってきて、僕は指先でその割れ目を往復していった。

「あぁっ♥　ん、ふぅ……」

下着越しに刺激していくと、その湿り気がさらに増していく。

「あ、あぁ……！」

愛液がどんどんあふれ出てきて、ショーツをぐっしょりと濡らしていった。

下着越しにしみ出してくるそれが、僕の指を濡らしていく。

「プリマベラさん……ここから、あふれ出してきてますね」

「あ、んぁあっ♥　ヴィくん、あっ、んぅ……」

プリマベラさんは色っぽい声を出しながら、くっと小さく腰を上げる。

それが「脱がせてほしい」の合図だと感じ取った僕は、下着の両側に指を掛けて、するすると下ろしていった。

「ふ、あ、あぁ……♥」

下着を脱がせてしまうと、解放されたその女陰からメスのフェロモンがむわりと香ってきて、僕を誘った。

しっとりと濡れたその花園は、僕を待って小さくヒクついていた。

「プリマベラさん、四つん這いになってください」

「んっ……♥」

僕は言うと、彼女は素直に身を起こして、一度肉棒へと目を向けた。

「ヴィくんのおちんちん、もうガチガチになってるね♥　あぁ、熱い……。これが、今から私の中に……あふっ♥」

「うっ……」

軽く握られると、不意打ち気味の刺激に思わず腰をひいてしまう。

そんな僕を見て、プリマベラさんはちょっといたずらっぽい笑みを浮かべると、そのまま肉棒を握って軽くしごいてきた。

「ね、ヴィくん、おちんちんどうしたの？　お姉ちゃんの手に握られただけで、気持ちよくなっちゃった？」

そう言いながら、軽く手を動かしてきた。

「あぅ……」

プリマベラさんの手が僕の肉竿をしごいてきた。きゅっと締まる指先が裏筋のあたりを責めてきて気持ちがいい。

「一度、このまま出しておく？　おちんちん、パンパンになってるよ……？」

このままされるのもいいかも、という気がしてくるけれど、僕は流されそうになるのをぐっと堪えて、彼女のアソコへと手を伸ばした。

そして蜜を溢れさせるその膣内に、指を滑り込ませる。

「プリマベラさんこそ、もう我慢できないでしょ？　ほら、ここ……こんなに濡れて、僕の指を咥え込んで、えっちに動いてる」

「あ、んはぁっ♥　あ、ヴィくん、あ、んぁっ♥」

彼女は敏感に反応して、僕の肉棒から手を離した。

「あぁ……♥　ん、くぅっ！　お姉ちゃんのおまんこ、そんなにぐちゅぐちゅいじっちゃ……あぁ、だめぇっ……♥」

ダメといいながらも、彼女はむしろ腰を突き出し、僕の指を深く咥え込もうとしてきた。

僕はその動きに合わせて、同じだけ指を引いた。

「ん、あ、あぁ……♥」

プリマベラさんは、気持ちよさそうな、ちょっと物足りなさそうな声をを出して、うっとりと僕を見つめてくる。

甘やかすのが好きな反面、プリマベラさんは少し強引にされたり、押されるのも大好きみたいだった。だから僕はちょっと意地悪するように、にちゅにちゅと蜜壺をいじりながら、再び彼女へとうながした。

「ほら、四つん這いになって？　後ろからするから」

「う、うんっ……♥」

今度はもういたずらをしてくることもなく、彼女が四つん這いになる。

「あぅ……」

丸みをおびたお尻が僕に向けられ、その肉感的な様子に思わず見とれてしまう。

お姉ちゃんの、いやらしくて無防備な姿。

そして突き出されるお尻の下では、プリマベラさんの女の子が、えっちに愛液を溢れさせながらいやらしくヒクついている。

「ヴィくん、あっ♥　そんなに見られると、恥ずかしいよ……」

そう言いながら、彼女はさらに蜜を溢れさせた。

「こっちは喜んでるみたいだよ」

「んはぁっ♥」

そう言ってなで上げると、彼女は四つん這いのままぴくんっと身体を揺らした。

その姿があまりにえっちで、僕も我慢しきれなくなってしまう。

プリマベラさんの、そのむっちりとしたお尻を両手掴んだ。

「あぁ♥」

ハリのあるお尻をしっかりと掴み、もう猛って待ちわびている肉棒を、プリマベラさんの膣口へとあてがう。

「あぁ♥ ん、あふっ……ヴィくん、きて……」

彼女に乞われるまま、僕は腰を前へと出す。

「んはぁっ♥ あ、んぁっ……！」

勃起竿を突き入れると、彼女は艶めかしい声を漏らした。

「んぁっ、あぁっ♥ ヴィくんっ、あふっ、んぁっ」

「うぁ……プリマベラさん……！」

挿入すると、膣内がみっちりと肉棒を包み込んで、絡みついてくる。

濡れて蠢く膣襞が、肉棒を擦って快楽を送り込んできた。

「あ、あぁ……♥ ヴィくんのおちんちん、私のなかに入ってる……♥ あふっ、硬くて熱いおちんちん……」

「う、あぁ……プリマベラさんっ……！」

入っていることを確かめるように、彼女が膣内をきゅっと締めてくる。

その刺激はとても気持ちよく、油断していると搾り取られてしまいそうだ。

僕は　プリマベラさんのむちっとしたお尻を掴んで、腰を振っていく。

「あっ♥　ん、あふっ、あぁっ……！」

震える膣襞を擦りながら、往復していく。

「ヴィくん、あっ♥　ん、くぅっ……あぁっ……！」

お姉ちゃんと性器同士を擦り合わせているのだと考えると、なんだか背徳感にも似た気持ちよさが膨らんで、僕を突き動かしていった。

「あ、あぁっ♥　ん、そこ、あ、いいの、あふっ♥」

プリマベラさんは僕のピストンを受けて、身体を小さく揺らしている。

普段は甘やかしてくるお姉ちゃんが、今は僕におまんこを突かれて、気持ちよさそうに喘いでいるのだ。

その姿は、男としての僕の興奮を煽っていく。

「んはぁっ♥　そんなに、あ、かき回されるされるとぉ♥　んはぁ、あっ、私、気持ちよすぎて、あ、んぁっ！」

もっともっと、感じている姿を見たい。

僕は本能が命じるまま、腰を振って蜜壺を突いていった。

「あふっ、ん、あぁっ……ヴィくん、普段はおとなしいのに、えっちのときだけ、んぁ、たくましいんだからっ♥」

彼女は膣道をきゅんきゅんと締めながらそう言った。

ちょっと強引なくらいが好きなプリマベラさんに合わせて、僕はさらに勢いよくピストンを繰り返していく。

「んぁっ♥　あぁっ！　ヴィくんのおちんちんっ、あ、あふっ、んぁ……ずぶずぶきてて、あっ♥んくぅっ♥」

感じる後ろ姿を眺めていると、今、プリマベラさんを感じさせているのは僕なんだ、という征服感みたいなものが湧き上がってきた。

「んはぁあっ♥　あ、ヴィくん、あ、んぁっ♥　そんなに、おまんこぐちゅぐちゅ突かれたらぁ、あ、んぁっ……！」

彼女が頭を揺らすと、長い髪もさらりと流れていく。

綺麗なお姉さんが、僕の肉竿で気持ちよくなっているんだ。

「あ、んはぁっ♥　あぁ……私……お姉ちゃんなのにぃ……♥　あ、ああっ！　おちんちんに突かれて、あふっ……」

僕のピストンが速度を上げていくのに合わせて、プリマベラさんもますます感じて、喘ぎ声を大きくしていった。

「んはぁぁっ！　あっあっ♥　だめ、私、あ、んあぁぁぁっ♥　あ、あぁ……弟ちんぽで、イっちゃうっ……！」

「うぁ、あぁ……」

彼女が気持ちよくなるにつれて膣内もさらに締まり、刺激が強くなっていく。

震える膣襞に擦られ、僕ももう限界だった。

「んはぁっ♥　あっ、あっあっ♥　だめ、もう、イクッ！　イクイクッ！　ヴィくんっ、ヴィくんもイってぇっ♥」

「はい、僕ももう、あぁ……！」

彼女に答えながら、その蜜壺をかき回し、頂点へと上り詰めていく。

「んはぁ、あっ、あぁ……！　ヴィくん、あ、イクッ！　イっちゃうっ！　あっ、んぁ、イックゥウウウウッ！」

びゅるるるっ！　どびゅっ、びゅくんっ！

「んはぁぁぁあぁぁっ♥」

プリマベラさんが絶頂すると、そのおまんこがきゅっと肉棒を刺激して精液をねだってきた。

その絶頂おねだりに耐えきれず、僕は彼女の中へと射精していく。

「あ、あぁ♥　ヴィくんの熱い精液、あふっ……私の中に、びゅくんって出てるぅ♥」

熱々の膣内で中出し射精を受け止めて、プリマベラさんはうっとりと呟いた。

その間も、膣襞は精液をしっかりと搾り取ってくる。

「うぅ……」

射精の気持ちよさに、思わず声が漏れた。

そのまま腰の動きを止め、彼女のおまんこに包まれながら余韻にひたっていく。

「あぁ……♥　ん、ヴィくん……」

僕はしっかりとその中に精液を注ぎ込むと、肉棒を引き抜いた。

「あんっ♥」

引き抜くときにも擦れて、プリマベラさんが色っぽい声をあげる。

「ヴィくん、お疲れさま……ちゅっ♥」

彼女は振り向くと僕にキスをする。

女でありお姉ちゃんでもあるその表情に、僕は興奮と安心感を抱くのだった。

「いっぱい出して、すっきりできたね♥」

彼女は優しくそう言うと、僕の頭を撫でてくる。

「ふふっ……かわいい♥」

僕は安らぎを感じて、眠気に襲われた。

そのままプリマベラさんに撫でられながら、まどろんでいく。

「おやすみ、ヴィくん……」

彼女の声を聞きながら、意識を手放すのだった。

※

三人の姉との暮らしは、本当に誘惑が多い。

彼女たちは事あるごとに僕を甘やかして、スキンシップをとってくる。

これまでとは違いすぎる環境に戸惑うことも多いけれど、同時にものすごい心地よさを感じてもいるのだった。

勇者としてたったひとりで、期待を浴びることはあっても助けられることもなく、目的に向かって旅をしてきた日々。

結果を出すごとに脚光を浴びはしても、それを分かち合える人はいないし、成功が積み重なるたびに更に孤独になっていく。

苦労して成し遂げた成功は、次からはできて当然になり、一度でも失敗すれば失望の目を向けられるだけ。

押しつけられる役割と理想で、がんじがらめになっていた。

それが今では、三人の姉に愛され甘やかされる毎日だ。

そんな彼女たちだからこそ、僕も少しでも役に立ちたい、と思えるのだった。

勇者としての努めではなく、心から。

という気持ちもあって、クエストから戻ってきたプリマベラさんとフスィノさんにマッサージをすることになった。

ふたりは今、薄着姿だ。まずはフスィノさんがうつ伏せになり、プリマベラさんが横で見守っている状態だった。僕はさっそく、フスィノさんへのマッサージを始める。

「まずは足のほうからいきますね」

「んっ……」

そう言って、ふくらはぎのあたりを優しく揉んでいく。

一日中歩いていたため、やはり少し疲れているみたいだ。

「あふっ……」

力を入れすぎないように優しくふくらはぎを揉んでいくと、フスィノさんが気持ちよさそうに声をもらした。

いい感じみたいだ。僕はそのまま、フスィノさんの細く柔らかな脚をマッサージしていった。

「ん、んん……」

反対側の脚も同じようにマッサージしていき、そのまま上へと上がっていく。

「んぅっ……」

丸みを帯びたお尻から、腰へと手をのばす。

そのまま腰を押すように揉んでいき、凝りをほぐしていった。

「あふっ、ん、あぁ……」

フスィノさんが、うっとりとした声を出していく。

マッサージが気持ちいいから、だと思うのだけれど、その声はどこか色っぽい。

僕は内心、ちょっとドキドキしながらも、そのまま背中をマッサージしていく。

「あっ、ん……うぅ……」

普段はのんびりとして、間延びしつつも落ち着いた、ややダウナーなフスィノさんが出す高めの声。それがなんだかちょっと非日常的で、僕を落ち着かない気分にさせていった。

そんな自分に気合を入れ直し、ちゃんと背中をマッサージしていく。

「ん、あふっ……」

「フスィノちゃん、気持ちよさそうな声、出ちゃってるわね」

プリマベラさんが楽しそうに言うと、フスィノさんは少し顔を赤くしながらうなずいた。

「だって、ん、ヴィンターのマッサージ、すごくいい……」

「喜んでもらえて何よりです」

僕はドキドキをごまかすように言いながら、なるべく無心になってちゃんとマッサージを行っていった。

「んっ、あっ、ふぅ……」

フスィノさんの艶めかしい声を耳に入れないようにしながら……。

「んくっ、あぁ……ふぅ、んっ……」

マッサージを……。

「ん、あぁっ……ん……」

どうしても気になってしまう。

どれだけ、意識しないようにと思っても、やはりえっちな声は耳に入ってきてしまう。

「あ、ん、ふぅ……ありがと……」

僕は結局、よこしまな気持ちを抱えたまま、マッサージをしてしまった。

「じゃあ、次は私ね。よろしく、ヴィくん♪」

プリマベラさんは楽しそうに言うと、入れ替わりに僕の前でうつ伏せになった。

僕は心を鎮めるように努めつつ、さっそく、そのままプリマベラさんにマッサージを行っていく。

さっきと同じように、ふくらはぎを揉んでいった。

女性としての柔らかさもありつつ、魔法使いタイプであるフスィノさんよりも筋肉のついたふくらはぎだ。

筋肉の分、もみ心地も変わってくる。

「あっ、ん、んぅっ……これ、たしかに、んっ」

プリマベラさんはさっそく色っぽい声をあげるけれど、僕はなるべく気にしないようにしながら、マッサージを行う。

プリマベラさんの場合、もっとえっちな声も聞いたことがあるし、それへの耐性がある分、大丈夫なはず……。

「あっ、ん、ふぅ……ヴィくん、上手なのね……」

無心のまま、ふくらはぎから腰へと……。

「あ、んぁっ……そこ、いいっ……ん、あぁっ！」

大丈夫……。

「ん、あふっ……ふぅ、あぁ……♥」

ぜんぜん大丈夫なんかじゃなかった。

僕はすっかり、プリマベラさんの声でえっちな想像をかき立てられてしまった。

むしろ、その身体に触れたことがあるからこそ、よりリアルに想像できてしまって変な気分になってしまったかもしれない。

健全なマッサージのはずなのに、空間全部がピンク色に感じられる。

「ありがとね、ヴィくん、すっごく気持ちよかった♪」

「よかったです……」

そう言いながらも、僕は落ち着かなくて少しもじもじとしてしまう。

ふたりの身体に触れて、えっちな声を聞いて……想像してしまったからだ。

「ね、ヴィくん」

そんな状況を知ってか知らずか、プリマベラさんはぐっと身体を寄せてくると、僕の耳元で囁いてくる。

「今度はお返しに、お姉ちゃんたちがマッサージ……してあげよっか？」

「い、いえ、僕は……」

そう言いながら後ずさろうとするものの、反対側にフスィノさんも来て、僕は両側から甘くホールドされてしまう。

ふたりの身体が軽く触れて、温かさと柔らかさをほのかに伝えてくる。

意識してしまっているため、その触れるかどうか、という感じはかえって僕の欲情をかき立ててきた。

「気持ちいマッサージ、されたくない？　こって硬くなってるところ、ほぐしてあげる♪　ね？　ふー♪」

「あふっ！」

耳に息を吹きかけられて、思わずぴくんと反応してしまう。

温かく湿った吐息が、耳元を妖しくくすぐってくる。

「ね、ヴィくん、こったところ……あるでしょ？」

「あぁ……な、ないですっ……」

今の僕はのんびりとした生活を送っていて、身体がこるようなことはしていない。

けれどプリマベラさんは、追求の手を緩めない。

「そうかなぁ……？　硬くなってきたところ、ない？」

「うぅ……」

誘うように言いながら、プリマベラさんの手が僕の太腿を撫で回してくる。

さすさすと撫で回され、その手がときおり内側へと滑り込もうとした。

すぐ側で、もう変化してしまっている部分を意識させるような動きだ。

「ヴィンター、どうしたの……？　ふーっ♪」

「あうっ……」

フスィノさんまで、反対側の耳に息を吹きかけて、僕を誘惑してくるのだった。

「ね、ヴィくん……お姉ちゃんたちにマッサージ、されたくない？」

「がまん、よくない……」

「うぅ……ふたりとも、あうっ……」

「ふー♪　素直になっちゃおうよ」

「ふー♪　ほら、ヴィンター」

僕がなんとか言い返そうとするものの、両側から耳に息を吹きかけられ、身体をぎゅっとくっつけられる。

そうなるともう、僕の頭はドキドキでいっぱいになってしまった。

「さ、そこに寝そべって？　仰向けでね？」

プリマベラさんに言われるまま、僕は素直に仰向けになる。

そうなると、膨らんでしまっている部分がズボンを押し上げているのがはっきりとわかって、恥ずかしかった。

「あぅ……」

「ほら……そこ、そんなに大きくなっちゃってる」

「すっきり、しよ……？」

「あぅ……フスィノさんまで……」

いつもなら、どこか眠そうなフスィノさんの目が輝きを帯びて、僕の股間へと向けられている。

そんなまっすぐな視線を受けて、恥ずかしい気持ちといっしょに、不思議な興奮が湧き上がってくるのだった。

「あぁ……ふたりとも、んっ……」

「大丈夫、お姉ちゃんたちにまかせて？」

「ヴィンターのここ、気持ちよくしてあげる……」

「あっ……」

ふたりの手が僕の服へと伸びて、すぐに脱がされてしまう。

「わっ。……これがヴィンターの……こんなふうになってるんだ」

「うぅ……」

フスィノさんは興味津々って感じで、露出した僕の肉棒を見つめている。

プリマベラさんは、そんなフスィノさんを微笑ましい感じで見守っているのだった。

「触っても、大丈夫……？」

「敏感なところだから、優しくね」

僕の代わりにプリマベラさんが答え、そのままフスィノさんの手が伸びてくる。

「あうぅっ」

その手がぴとりと触れてくると、もどかしいような気持ちよさがはしり、僕は声を漏らしてしまった。

「わっ、すごく硬い……」

フスィノさんがおそるおそるといった様子で肉竿を握り、そのままくにくにと力を加えて刺激してくる。

「うぁ……」

「あっ、大丈夫……？　痛かった……？」

思わず声を漏らしてしまうと、フスィノさんは心配そうに言って力を緩めた。

「今のは気持ちよかったんだよね？」

「そうなの……？」

プリマベラさんが楽しそうに言うと、フスィノさんが尋ねてくる。

「……」

僕は恥ずかしさもあって、無言で小さく頷く。

「そうなんだ……♪」

すると彼女は再び肉棒を握り、軽く動かしてきた。

「あぁ……」

「すごく熱くて、硬くて……不思議な感じ……」

そう言いながら、フスィノさんが肉竿をしごいてくる。

たどたどしい手つきなのだけれど、それでも十分な刺激だった。

「気持ちいい……？　あ、おちんちん、ぴくんって跳ねた……」

「うぅ……」

フスィノさんの手コキに加えて、プリマベラさんに見られているという恥ずかしさも僕を襲ってきていた。

いっしょにしているならまだいいけれど、ただ見られているというのは、視線を意識してしまいとても恥ずかしい。

「あふっ……♥　なんだか、ヴィンターのおちんちんいじってると、わたしも変な気持ちになってくる……んっ♥」

手コキを続けながら、フスィノさんが顔を赤らめる。

その表情は普段のぼんやりとした感じとは違い、熱と色気を帯びていた。

「ん、あぁ……ここから、精液が出るんだよね……？」

しばらくその状態で手淫を受けていると、プリマベラさんが口を開く。

「そのままお手々でするのもいいけど……折角だからふたりで、こっちを使ってマッサージをしてみない？」

「ひうっ！　あっ、プリマ姉……ん、ぁ」

フスィノさんの後ろに回ったプリマベラさんが、両手でがばりとおっぱいを掴み、むにむにと揉んでいた。

プリマベラさんの指がフスィノさんの乳房に食い込み、服越しにぐにぐにといじっている。

柔らかさの伝わってきそうなその光景に、思わず目が吸い寄せられてしまう。

「ほら、フスィノちゃんのおっぱい、ヴィくんも気になるって」

「あっ、んっ……そう……？」

おっぱいを揉まれながら、フスィノさんが僕を見つめた。

そして、こくりと頷く。

「わかった。……それじゃ、このおっぱいで、弟くんを気持ちよくしてあげる……♥」

「あぅ……」

たゆんっと揺れるその胸に惹かれていると、彼女たちは素早く服を脱いで、たわわな果実を直接見せてくれた。

「ふふっ♥　ヴィくんの目、えっちになっちゃってる♥　お姉ちゃんのおっぱいで、いーっぱい気持ちよくなってね？」

「ん、わたしも、がんばる……！」

そう言いながら、ふたりは大きなおっぱいを、僕の肉竿へと近づけてきた。

「ああっ……！」

むにゅんっとおちんちんにおっぱいが当てられ、両側から押しつけられる。

「あふっ……」

押し当てられたおっぱいはふにゅりと形を変えながら、肉竿を包み込んできた。

ふたりぶんのおっぱいに挟まれて、肉棒はその魅惑の谷へと飲み込まれてしまう。

「ふふっ、ヴィくん、気持ちいい？」

「お顔、蕩けてきてる……♥」

「うぅ……だって、あぁ……」

おっぱいそのものの気持ちよさはもちろん、乳房に挟まれているという状況や、しかもふたりにしてもらっているという豪華さが僕を気持ちよく責めてくる。

「むにゅー♪」

「あぅっ、プリマベラさん、あぁ……」

プリマベラさんはいたずらっぽい笑みを浮かべると、その爆乳をぎゅっと押しつけてきた。

心地よく肉竿を圧迫されて、僕は声を漏らす。

「あっ、んっ♥　プリマ姉……んっ……」

その押しつけは向かい側にいるフスィノさんのおっぱいにも伝わったみたいで、彼女も気持ちよさそうな声を出した。

「わたしも……えいっ、むぎゅぎゅっ♥」

「ああっ、ん、くぅっ……」

フスィノさんもお返しとばかりにおっぱいを押しつけてくる。

僕のおちんちんはふたりの胸にぎゅーっと抱き締められて、柔らかな気持ちよさに押し潰されていった。

「あんっ♥　フスィノちゃんも大胆♥」

プリマベラさんもかわいらしい声をあげて、その声がさらに僕を刺激する。

「ヴィくん、お姉ちゃんたちのおっぱいマッサージ、まだまだこれからだよ？　ほら、こうやって
ぎゅっぎゅっってリズムをつけて……」

「あっ、だめ、んっ……」

「あふっ♥　わたしも同じように、えいえいっ♪」

「ああっ……！」

ふたりの大きなおっぱいが、僕の肉竿を圧迫しながら刺激してくる。

抵抗なんてできないまま、その気持ちよさを受け止めることしかできなかった。

「ふふっ……ヴィくんのおちんちん、おっぱいに挟まれて、埋もれちゃってる」

「熱くて硬いのが……んっ……おっぱいを押し返してきてる……」

ふたりの胸に挟まれて、その気持ちよさに飲まれていく。

けれど、それだけでは終わらないみたいだ。

プリマベラさんは妖艶な笑みを浮かべると、次の段階を指示する。

「押しつけるだけじゃなくて、こするともっと気持ちよくなるんだよ？」

「そうなの……？」

フスィノさんが首を傾げると、プリマベラさんは意味ありげに僕を見つめた。

フスィノさんも、それにつられるように僕を見てくる。

「うぅ……」

羞恥にうめき声をあげると、フスィノさんが頷いた。

そして自らの胸に手を添えて、動かす準備を始める。

「あっ、ちょっと待ってね。おっぱいを動かす前に、おちんちんを濡らしておかないと、抵抗が強すぎるから」

「そうなんだ……」

「そう。ほら、おちんちんって、本当は女の子の濡れているところに入れてずぶずぶってするものだからね」

「……そう」

フスィノさんが少し恥ずかしそうに下を向いた。

肉棒を胸で挟んでいる時点でかなりエロいことなのだけど、本番を意識するのはまた違った恥ずかしさみたいだ。

「ふふっ……それじゃヴィくん、いくね。んぁっ……」

「あふっ……」

プリマベラさんは口を開けると、つーっと唾液を垂らしてきた。

肉竿の先端を濡らされる刺激もそうだけれど、プリマベラさんが口を開けてよだれを垂らしている姿というのもエロい。

「じゃあわたしも……んうっ……」

それにならってフスィノさんも、口を開けて、唾液を垂らしてきた。

「うぅ……」

ふたりのよだれが僕の肉棒を濡らし、谷間からいやらしい水音が聞こえるようになってくる。

「さ、これで大丈夫、んっ……おっぱいもおちんちんも、くちゅくちゅだね♪」

「んっ……おちんちん、ぬるぬるって動いてる……♥」

「じゃ、動かすね？」

そう言って、プリマベラさんはおっぱいを上下に揺らし始める。

「ん、わたしも……えいっ……！」

「あふっ、ふたりとも、んっ……」

たゆんっ、たぷんっ♪

ふたりの巨乳が上下に動いて、僕の肉竿をしごいてくる。

やわらかくてぬるぬるで……その気持ちよさに、僕はとろかされていく。

「あふっ、あっ、プリマ姉っ……それ、んっ……♥」

「ふふっ、フスィノちゃんの乳首、ぴんって立って擦れちゃってるね♪」

「あふっ、んぁっ……プリマ姉だって、ほら……」

「あんっ♥　もう、ん、えいえいっ♥」

「あうっ、あぁ……ふたりとも、んぁっ……」

僕の肉棒を挟んで、ふたりもおっぱい同士を擦れ合わせて刺激し合っているようだ。

艶めかしい声が聞こえてくるのと同時に、快感でペースが乱れるのか、おっぱいが不規則に揺れてくる。

それがイレギュラーな刺激となって、挟まれている僕をさらに気持よくしていくのだった。

「あふっ……んっ……ヴィくん、気持ちよさそう」

「本当……顔が蕩けて……んっ、おちんちんも、張り詰めてきてる……」

「あぅ……あっ、ぐっ……」

ぎゅむっとふたりがおっぱいを押しつけてきて、さらに圧迫感を強める。

その状態で上下にしごかれて、僕は限界を迎えつつあった。

「あう、そろそろ……んっ……」

「いいよ♥　お姉ちゃんたちのおっぱいマッサージでいっぱい気持ちよくなって……白いのぴゅぴゅって出しちゃおう？」

「ガチガチになっちゃってるおちんちん……しっかりほぐしてあげる♥」

「ああっ！」

ふたりの胸が肉棒をむぎゅーっと包んで揺れる。

ひとりだけでも気持ちいいのに、ふたりでの豪華なパイズリは、おっぱいに包み込まれる感覚とその見た目のえっちさが段違いだ。

僕はなすすべなく、その快楽に追い込まれる。

「あっ♥　さきっぽ膨らんできてる♥　えいえいっ♪」

「射精するとこ、見せて……？」

「ああ、出るっ……！　うあぁぁっ！」

びゅるるるっ、びゅくびゅくんっ！

僕はふたりのおっぱいに挟まれたまま射精した。

「あふっ、あぁ……♥　精液、いっぱい出たね」

「きゃっ……！　すごい勢い……♥　射精って、こんなふうなんだ……♥」

労《いたわ》るように、あるいは一滴残らず出してしまわせるように、射精中の肉棒をむにゅむにゅと刺激してくるプリマベラさん。

対してフスィノさんのほうは、僕の射精に見入って手を止めている。

じっと見られる恥ずかしさを感じながらも、僕は快感に力を抜いて、ただただ精液を絞られるままになっていた。

ふたりの美女によるパイズリは、すごい満足感で僕を包み込んでいた。

「あぁ……」

ふたりの胸に僕の精液が飛び、その乳房から垂れる姿もまたものすごくエロい。

「ん、いっぱい出せたね♥」

「ヴィンター、気持ちよかった……？」

「はい……」

「そうんだ、よかった……♥」

フスィノさんの問い掛けに頷くと、彼女は嬉しそうに言った。

「これが、ヴィンターから出てきたモノなんだ……」

フスィノさんが、胸に飛んだ精液を興味深そうにいじっている。

「すごく濃いわね。いっぱい気持ちよくなってくれたんだ♪」

プリマベラさんも、僕の精液を確認してうっとりと言った。

「うぅ……」

射精の余韻に浸りつつ、僕はそんなふたりを眺める。

「んっ……垂れてきちゃう」

フスィノさんがそう言って、精液を垂らさないためか、ぎゅむっと胸を寄せる。

するとその深い谷間から精液がせり上がってくる。

その光景もまた、とてもえっちだ。

ふたりの身体を汚してしまう背徳感と征服感。

出したものを受け止めてもらえる喜びと、恥ずかしさ。

僕がマッサージでふたりを癒やすつもりだったのに、反対にすっかりおっぱいで癒やされ、満たされてしまった。

「あふっ……♥　ヴィくん……いっぱい出せてえらいえらい♪」

プリマベラさんが嬉しそうに僕の頭を撫でてくれる。

「ん、よしよし」

フスィノさんも優しく僕を撫でてくれた。

ふたりに挟まれながら、僕はゆっくりと意識を手放していくのだった。

※

プリマベラは、幼い頃の夢を見ていた。

剣の練習を始め、めきめきと腕を伸ばしていたころのことだ。

「プリマベラちゃんはつよいねぇ」

ふわふわとした女の子が、憧れの視線を向けて言う。

「つぎは、勝つからな！」

プリマベラに負けた男の子が、意気込んで宣言した。

そんな、小さい頃の夢だ。

現在、冒険者になっているプリマベラは、幼い頃から頭角を現しており、周囲と比べても明らかに強かった。

後《のち》に冒険者となることを考えればそれも納得できることなのだが、周りからはその強さばかりが目につくことが多かった。

憧れの視線を向けてくれていた女の子は早々に剣術からは手を引いていったし、ライバル心を見せていた男の子も消えていった。

年上の子たちもプリマベラにはかなわず、気がつくと彼女の隣には誰もいなかった。ついてこれる者はいなかったのだ。

冒険者に憧れ、手近な理想として彼女の強さを目指す者もいたし、手合わせをお願いしてくる者も多くいた。

そうして見上げてくれる人はいたものの、彼らがプリマベラと何かをわかち合ってくれることはなかった。

プリマベラ自身、そこまで強くなっていったのはやはり好きで打ち込む時間が長かったからだし、自分で選んだことではあった。

けれど気がつくと、その強さばかりが注目されるようになり、他人にとっての彼女はそれがすべてだった。

彼女はいつでも、「このあたりでいちばん強い剣士」として見られていた。

それはある種の誇りであり、心地いいものでもあったが、同時に彼女に孤独な寂しさを与えてくるものでもあった。

剣に打ち込むほどに成長できる反面、同じ高さの人はいなくなっていく。

上に登るほどに酸素は薄くなり、それを慰め合う相手もいない。

彼女と手合わせしたり、憧れの目を向けてくれていた者たちも遠ざかっていく。

すると、ときには僻《ひが》みや負け惜しみまで向けられてしまい、マイナスの感情をぶつけられるようになる。

彼女は強かったけれど、だからこそ、ひとりぼっちだった。

剣士として嫉妬や恐怖を抱かれつつも成長していく一方で、彼女自身は、その才能ゆえの闇に飲み込まれていった。

それはプリマベラがリエータと出会って、家族になるまでずっと続いていく。

だからだいたい、昔の夢は悪夢だ。

朝、目を覚ましたプリマベラは、隣に眠るヴィンターを眺める。

悪い夢を見ていたためか、その寝顔にすごく安心感を覚えた。

「んぅ……」

こうして無防備に眠っていると、いつも以上に幼く見えてしまい、愛しさがこみ上げてくるのを感じる。

プリマベラはヴィンターの頬を優しく撫でる。

「んっ……」

小さく反応する彼は、ふにゃりとした笑顔を浮かべる。

その寝顔を眺めながら、プリマベラも優しく微笑んだ。

いちばん上であるプリマベラは、お姉さんとして振る舞うことが多い。

それは彼女にとって好きなことだったし、かわいい誰かの面倒をみたいと思うのは、とても自然なことだった。

姉として無理をしているというよりも、単に性格だ。

誰かに甘えてもらえることは、それだけ頼りにされ、必要とされているようで素直に嬉しい。

それが好きな相手となれば、なおさらだ。

それに……と、プリマベラはヴィンターの寝顔を眺めながら考える。

彼はかわいい弟であると同時に、プリマベラを女の子として見てくれる男の子だった。

ヴィンターと出会ったときにもモンスターを一蹴したように、冒険者としてのプリマベラはこのあたりでは優れたほうだ。遠出をし、ダンジョンや秘境を探索して……というタイプでもない彼女は、討伐任務などの、純粋に戦闘力に依るタイプの冒険者だった。

腕自慢なのは、昔から変わらない。

プリマベラはおっとりとした美女という見た目なので、異性から声をかけられることも多かったが、その実力が知られると途端に避けられてしまう。

腕自慢である男性冒険者からすると、自分より強い相手というのはプライドを刺激するのだろう。

そうでない者にとっても、彼女の高い戦闘力は恐れられることばかりだった。

もちろん、冒険者として、剣士としての期待や評価は受けているので、遠巻きにされて冷遇されている、というわけではない。

ただ、色恋とは無縁だった。

そんな中で出会ったヴィンターは、かわいらしい弟でありながらも、彼女の力に引くことなく接してくれている。

出会いの時点で、その力を見せることになったのに、だ。巨体のグレーグリズリーを簡単に屠るような女の子が、怖くはなかったのだろうか。

「んう……」

頬を撫でられ、気持ちよさそうにしている彼を見つめる。

モンスターから助けると、大半の人はもちろん感謝してくれる。

けれど、その出会い方をするとたいてい、力のある冒険者という位置づけが固定されてしまう。

だからプリマベラにとって、ヴィンターはその点でも特別だった。

彼はそんな出会いの後も、プリマベラを冒険者としてではなく、女の子として扱ってかわいい反応を見せてくれている。

実のところ、プリマベラはその理由の一つに、心当たりがあった。

最初は気付かなかったけれど、いっしょに過ごす内にわかってきたことがある。

ヴィンターはどうやら、実はかなり腕利きなのではないか、ということだ。

冒険者とは身に纏う空気や考え方が違うようだが、立ち姿や身体の使い方などから、かなりできるということが察せられた。

冒険者になりたい、という話も最初は男の子らしい夢かと思っていたけれど、どうやらそうではなさそうだ。

単純な戦闘力で言えば、その辺の冒険者などよりもよほど強い気がする。

冒険者としてのプリマベラは、ちょっと本気で手合わせしたいほどだ。

魔法使いであるフスィノは別として、この辺りでは並ぶ者がいないプリマベラとしては、高め合えるライバルの可能性をヴィンターに見いだしていた。

「ま、そんなことしないけどね……」

ヴィンターの頬を撫でながら、プリマベラは小さく呟く。

彼の強さを察しつつも、たぶんそれは、あまり気付かないほうがいいことなのだろう、という気もしていた。

ヴィンターがどのように生きてきたか、プリマベラは知らない。

けれどその大きな力が、彼の過去に影響を及ぼしていなかったはずはないのだ。

それは自分もそうだし、フスィノもそうだ。

今の彼が、それを乗り越えているのかもわからない。

それに、力の大小などどうでもいいのだ。

今はかわいい弟として、そして大好きな男の子として、彼といっしょにいられればいい。

だからプリマベラは、ヴィンターの力について、知らない振りを続ける。

察していることが察せられても、それは変わらない。

お姉ちゃんとして、過保護に甘やかしていくのだ。

そんなこと思いながら、目覚めるまで寝顔を堪能するのだった。

第三章　天才じゃなくてもいいところ

フスィノという少女は元々別の名前で、天才だった。

生まれ持った魔力量と、魔法属性への適性を見せ、十にも満たない頃にはもうその辺の魔法使いなど相手にならないようなスキルを見せてきた。

それどころか、その豊富な魔力量を活かした、本来ならば非効率的と言えるような大魔術すらもやすやすと扱い、かつて魔術の発展に寄与した大天才の再来と言われるほどだった。

そんな幼い彼女の周りには、様々な大人が集まってきた。

研究職であるがゆえ、魔術師としての能力で劣ることにはなんの抵抗もない大人もいた反面、内心では幼い少女に負けることを悔しがっている者もいた。

だから、二十も三十も歳下の彼女を崇拝するような魔術師もたくさんいたし、プライドのために彼女を真剣に打ち負かそうと考える者もいた。

入り乱れる大人からの好意と悪意を時にひっそりと、時に露骨に向けられながら、彼女は過ごしていたのだ。

そんな特別な才能を聞きつけ集まった大人たちによって、彼女は祭り上げられ、研究室を与えられ、期待の中に閉じ込められた。

好悪こもごも、誰もが彼女の能力に注目し、そこだけを気にしていた。

……そしてある日、彼女は表舞台から姿を消したのだった。

魔術の元天才が本気で姿をくらませると、誰もそれを追跡することはできなかった。

別の名前を持つ少女の話は、それで終わりだ。

ただ、神格化していた大人の中には、彼女は神が遣わした奇跡であった、と未だに信奉している者もいるらしい。

けれどそれは、フスィノには関係のない話だった。

※

「ヴィンター、よしよし……」

リビングでくつろいでいると、フスィノさんが僕の頭を撫でてくる。

そんなのんびりとした、休日の昼下がり。

僕が、倉庫に魔石を取りに行こうかと、起き上がろうとしたときのことだった。

魔石というのは家具などに使われるアイテムで、魔力を結晶化し、魔法使いでなくても扱えるようにしたものだ。この家でもコンロやお風呂、井戸から水を汲み上げることなどに使われている。

それを補充するつもりだったのだが……。

「ん、魔石は、もうわたしが運んであるから」

そう言って、フスィノさんは軽く指をふる。

普通、魔法使いたちの多くは攻撃魔法こそ得意だが、細かな作業や生活のあれこれに使えるような術は持っていないことが多い。

けれど彼女はソファーから一歩も動かずとも、魔法である程度のことができるのだ。

本人曰く、「一度覚えちゃえばいちいち動かなくていい魔法のほうが便利」ということらしい。

まあ、普通はその「一度覚える」のが大変だから、魔石を使った道具がいろいろと普及してるんだけど……。

ともあれ、プリマベラさんにしてもフスィノさんにしても、かなり優秀な冒険者みたいだ。

そのわりに大冒険や長期のダンジョン攻略はしていないみたいだけど……それだけの力があるからこそ、危険な攻略をせずとも暮らしていけるということなのかもしれない。

あちこち駆け回ってダンジョン踏破に勤しんでいた僕とは違うスタイルで、そういうのんびりした冒険者暮らしもよさそうだな、と最近は感じている。

今はついつい甘やかされているけれど、そのうちついていけるようになるかもしれない。

そんなことを考えつつも、今はこうしておとなしく撫でられているのだった。

フスィノさんのゆったりとした感じは、冒険者的な忙《せわ》しなさとは真逆のもので、不思議な安心感があった。

そのままのんびりと、リビングで過ごす。

「なんだか、ふたりとも猫みたいね」

そんな僕らを見て、リエータさんが言った。

彼女はてきぱきと動くしっかり者タイプなので、のんびりとしたフスィノさんとは印象が違うけど、お互いの相性はいいみたいだ。

「……にゃー？」

フスィノさんがこてん、と首をかしげながら鳴き真似をすると、リエータさんはちょっと乱暴にその頭を撫でたのだった。

「んー……」

フスィノさんが気持ちよさそうに目を細めるのは、本当に猫っぽい。

それを眺めていると、リエータさんは僕の頭もくしゃくしゃと撫でてきた。

ちょっと気持ちいい。

「本当、ふたりとも猫みたい」

リエータさんは楽しそうに言った。

そのままごろごろとして過ごす。

そのうち、リエータさんに撫でられていたフスィノさんまでが、僕を撫でてくるのだった。

「フスィノも、ヴィンターのこと甘やかしてるよね」

「……ん、姉は、弟を甘やかすものだから」

リエータさんの言葉に、フスィノさんがうなずく。

「あー……まあ、お姉ちゃんは甘やかし好きだからね」

と笑顔で言うリエータさんに、フスィノさんが首をかしげた。

その顔は「いや、タイプが違うだけで、リエータ姉も甘やかし気質では？」と思っているかのようだった。口数の少ないフスィノさんだけど、今は心の声が聞こえるかのようだ。

そのくらい、表情に出ていた。

そんな様子には気づかないのかスルーしたのか、リエータさんが続ける。

「この前もその前も、お姉ちゃんってば、隙あらばヴィンターをいっぱい甘やかして、とろとろにしてたもんね」

「弟だから……もあるけど、ヴィンターはなんだか甘やかしたくなる」

今度はフスィノさんも、うなずいて同意した。

「そうかなぁ……？」

僕としてはそんなつもりはないけれど、やっぱり頼りなさげに見えるのだろうか。

三人のお姉ちゃんから甘やかされ放題で、最近はそれにも慣れてしまっているので、あまり反論はできなそうだ。

「うん、それはわかる」

リエータさんも頷いて、そのまま僕を撫でてくるのだった。

そんなふうに今日も、ゆったりと一日が流れていった。

※

三人の部屋を交代で訪れる生活は、今も続いている。

今日はフスィノさんの番、ということで彼女の部屋へと向かった。

彼女は僕を待っており、もうベッドに入っていた。

「ヴィンター、おいで……」

そう言ってベッドをぽんぽん、と叩く。

僕はそれにしたがって、彼女の隣へと向かった。

「ぎゅー……」

すると、すぐに抱き締められる。

「あぅ……」

フスィノさんは僕と背丈が同じくらいなため、抱き締められると顔がすぐ側にあってドキドキしてまう。少し眠そうな目は、こうして側で見ると不思議な色気を放っている。

そのまま抱き締められていると、ドキドキが伝わってしまいそうだ。

「ん……こうやって抱き締めてるの、気持ちいい……」

そう言ってより強くくっつかれると、僕の胸板で彼女の大きなおっぱいが、むにゅりと柔らかく潰れる。

「あぅ……」

「んー？」

おっぱいを押し当てられると意識がそちらに向いてしまい、僕は小さく腰を引いた。

その動きは彼女にもわかったらしい。

「逃げないの……」

そう言いながら、彼女は足を絡めてくる。

そうなると、膨らんできたモノが、フスィノさんの身体へとあたってしまう。

他の場所とは異質なそれに、彼女もすぐに気付いて僕を見た。

「ヴィンター、これ」

「あうっ……」

身体を揺すり、すりすりと僕のそこを刺激してくる。

刺激としては弱いものだけれど、恥ずかしさが変に意識させて、敏感になってしまう。

「この前と同じ……？」

そう言いながら彼女は、片方の手を僕の背中から外して、股間のほうへと忍ばせてくる。

「んっ……」

「あっ……ふふっ♥」

ズボン越しに肉竿を掴まれて声を漏らすと、フスィノさんは微笑んだ。

「おちんちん、硬くなってるね」

きゅっと握られて、快感がはしる。

彼女は手をにぎにぎと動かして、肉棒を刺激してきた。

「ね、ヴィンター」

「はい……」

彼女はすぐ近くから僕を見つめる。

顔が近くてドキドキするし、彼女の目が好奇心で輝いているのがわかった。

「これ、大きくなってるときは、出すとすっきりするんだよね……？」

そう言いながら、彼女はさすさすと肉棒を擦ってくる。

「う、うん……」

先日、プリマベラさんといっしょにパイズリをしてもらったけれど、フスィノさんは姉ふたりと比べて、大人しいほうだ。

スキンシップも基本的には、純粋にかわいがるタイプのもの。

以前にも寝起きで似たシチュエーションはあったけど、まだ具体的には、ふたりだけでの一線は越えていない。

けれどももちろん、ずっと興味はあったみたいで……。

「じゃ、だすね……？」

前回のパイズリで触れたからこそ、もっと積極的になろうと思ったのだろう。

彼女は一度僕を離すと、そのままパンツごとズボンを脱がしてきたのだった。

「わっ……おちんちん、びよんって飛び出してきたね」

驚いたように言ったフスィノさんは、直接肉竿に触れてきた。

「熱くて、硬くなってる……こうやって擦るんだよね……」

「うぅ……」

そう言いながら、前回同様、ややつたない手つきで肉棒をしごいてきた。

不慣れな感じが僕をいけない気持ちにさせて、興奮を煽ってくる。

「おちんちん、気持ちいい……？」

「はい……んっ……」

「ふふっ……そうなんだ♥」

微笑みを浮かべながら、フスィノさんが手コキを続けていく。

「あぁ……ヴィンター、これ……」

「あうっ」

彼女がきゅっと先端を握ると、気持ちよさに腰が動く。

「おちんちん、ぴくんってしたね。それに……」

彼女の指先がちょんちょんと鈴口をつついてくる。

その指が、ねとっと糸を引いた。

「もう、お汁があふれ出してる……♥」

「あうぅっ……そんなの、んっ……」

恥ずかしくなって顔をそらそうとすると、カリ首の辺りをさらりと刺激されて、意識を引き戻されてしまう。

「あふっ……こうやっていじってると、わたしも、んっ……」

フスィノさんが、もじもじと腿《もも》を擦り合わせるように動く。

そこで僕も、ちょっと反撃に出てみることにした。

「フスィノさん、ここ……」

「んあっ♥」

服の上からぴとりと彼女の割れ目に触れてみると、思っていた以上に高い声と敏感な反応が返ってきた。

「あ、ヴィンター、そこ……」

「フスィノさんも、えっちな気分になってるんですね」

そう言いながら下着の中へと手を滑らせて、今度は直接その女陰に触れていく。

ふにっとした土手の感触と、わずかに湿り気を帯びたそこ。

「あぁ、それ♥　あふっ……」

割れ目を往復するように撫でていくと、彼女はぴくんと身体を揺らして、その潤んだ瞳を僕へと向けてきた。

「あぁ♥　ヴィンター、んっ……」

彼女は色っぽい声を出しながら、僕の手を掴んできた。

「そこ、あぁ……♥　だめぇっ……、なんだか、あふっ……むずむずして、あっ、わたし、んくぅっ……！」

快感に身を震わせながら、やめてと言ってくるフスィノさんを見ていると、僕はかえって止まれなくなってしまう。

「あっ♥　ん、あぁっ……！」

それに、彼女の顔はダメだなんて言っていない。

むしろ、もっと……とおねだりしているようだ。

だから僕は、そのまま指でなぞりあげていった。

「んはぁっ、あ、あぁ……やぁ……そこ……あ、んあぁっ……ひろげちゃ、ん、あぁっ……だめぇっ……！」

割れ目を指で押し広げてやると、フスィノさんはきゅっと目を閉じた。

その表情があまりにエロくて、僕の胸が高鳴った。

「フスィノさん……」

「あ、んぁっ！　わたしの……ん、アソコ……ひろげられちゃって……あ、んぁっ！」

羞恥で顔を赤くしている彼女を楽しみながら、僕は指を動かす。

そして、彼女の最も敏感な場所――その淫芽へと指を触れさせた。

「んはぁぁあっ♥」

びくんっと身体を跳ねさせて、フスィノさんは一段と大きな嬌声をあげる。

「あ、ああっ……！　そこ、あ、だめぇっ……！　ん、あぁ……」

ぷっくりと充血して膨らんでいるそこを刺激すると、彼女はさらに反応を返してくれる。

「あ、あぁっ……♥　だめ、わたし、んぁ、あぁっ……気持ちよくて、あ、だめぇっ……んはぁぁあっ♥」

敏感な彼女の陰核をいじり、高めていく。

僕の指先で、フスィノさんは気持ちよくなっていった。

「んはぁっ♥　あっ、だめ、だめぇっ……これ、すごいのっ……！　あっ、んぁ、ああっ、んくぅうぅっ♥」

ビクビクッ！　と身体を跳ねさせるフスィノさん。

どうやらイッたみたいだ。

快楽の余韻なのか、ものすごく妖艶な表情で僕を見つめてくる。

「あぁ……♥　ヴィンター……わたし、あぁ……♥」

「これ……すごい……でも……♥」

彼女は熱っぽい視線で僕を見つめる。

そして片手で、アソコをいじっていた僕の手を掴み、もう片方の手をもうギンギンになっていた肉棒へと伸ばしてきた。

「わたしのアソコ……ヴィンターを欲しがってる♥　あぁ……。これ、わたしの中に……ん、あふうっ……♥」

うっとりと呟いた彼女の淫靡な様子に、僕はごくりと唾を飲み込む。

「ね、いいでしょ？」

「あうっ」

そう言いながら肉竿を軽くしごかれると、僕はほとんど反射的に頷いてしまった。

こんな状態で、断れる訳がない。

「んっ♥」

頷いたのを確認した途端、彼女はくるりと身体を入れ替えて、僕を仰向けに寝かせる。

そしてその上へと跨がってきた。

「あぁ……♥　寝そべってても、おちんちんはしっかり上を向いてるんだね……♥」

うっとりと肉棒を眺めたフスィノさんは、興奮しながら自ら下着を下ろして、女の子の大切な場所を晒した。

先ほど一度絶頂していることもあり、彼女のそこはもうしっかりと濡れて、準備ができているようだった。

「これを、挿れるんだよね……♥」

「あぅ、うぅっ……」

フスィノさんは僕の肉棒を掴むと、それを自らの膣口へとあてがった。

僕は仰向けでされるがまま、それを見上げている。

妖艶な女の顔をしているフスィノさん。

腰を下ろしていくのに合わせ、揺れる大きなおっぱい。

そして肉棒を求めて濡れている彼女のおまんこ。

「うぁ……」

それらを眺めていると、オスとしての本能が疼く。

「んっ……♥」

彼女がさらに腰を下ろし、その膣口へと肉棒があてがわれる。

愛液がとろりと肉竿を濡らしていき、僕の期待を煽ってきた。

「あふっ……ん、あぁ……♥」

それは彼女のほうも同じようで、そのままゆっくりと腰が下りてくる。

くぷっ……と陰唇をかき分け、水音をさせながら肉棒が彼女の中へと誘導されていく。

そのゆっくりとした動きは焦らすように僕を煽り、思わず腰を突き上げたくなってしまう。

その欲望をぐっと堪えていると、肉棒の先端がフスィノさんの処女膜へとあたる。

「あ♥ ん、いくよ……？」

彼女はそう言うと、ぐっと腰を下ろした。

「んあぁぁあっ！」

肉棒が膜を裂いた瞬間、彼女は全身にぐっと力を込めた。

「あぅっ……」

膜を破った勢いのままみちりと入った肉棒が、その膣道にキツく締めつけられる。

「んぁ、あっ……あぁぁっ……！」

初めて男のモノを受け入れた彼女は、その衝撃を受け止めている。

膣襞は入ってきた異物を確かめるかのように震えて、僕の肉棒を刺激していた。

狭くキツいその膣内は、こうしてじっとしているだけでもかなりの刺激だ。

「あふっ……」

比べるものでもないのかもしれないけれど、プリマベラさんとは違い、包み込むというよりは頑張って咥え込んでいる、という感じだった。

「あぁ、ん、あふっっ……これ、すごい……」

フスィノさんはまだじっとしたまま、僕を見ろしてくる。

月明かりに照らされたその顔は、あまりつらそうな感じではなく、どこかとろんとしていた。

「わたしの中に、ヴィンターが入ってるんだね……んぁっ……」

「うぁっ……」

彼女は少し身体をずらして、繋がっているところへ目を向けた。

そのときに角度が少し変わり、膣内で肉棒が擦れる。

「あぁ……♥　すごい……。わたしのアソコ……ヴィンターのおちんちんを、しっかり咥えこんじゃってる……♥」

彼女はうっとりと呟いて、その接合部の周辺、僕のお腹へと指を這わせた。

「あふっ……」

しばらくそうしていると、膣内が徐々に肉竿に慣れていくのを感じた。

愛液が溢れ、中がほぐれてくる。

少し余裕ができて、お互いに見つめ合う。

「んっ……そろそろ……動いてみるね……？」

フスィノさんはそう言って、ゆっくりと腰を持ち上げる。

「んぁ、あぁっ……♥」

カリ裏を中心に膣襞が擦れて、快楽を生み出していった。

「ん、ふぅっ……」

そして再び、ずぶりと奥まで飲み込まれていく。

「んぁ、あぁ……」

腰が上がると、膣襞に引っかかるようにしながら肉棒が現れ——。

「ん、くぅっ……♥」

再び蜜壺へと飲み込まれていく。

ゆっくりとした往復だけれど、まだ膣内が狭いこともあり、十分に気持ちがいい。

「はぁ……あっ、んっ……」

ちょっとずつ慣れてきて、腰の動きがスムーズになっていく。

「はぁ……あ、あぁっ……♥」

フスィノさんが艶めかしい吐息を漏らしながら、僕の上で腰を振っていった。狭い蜜壺の気持ちよさに加えて、そのえっちな光景を眺めていると、どんどん欲望が高まってくるのを感じる。

「あ、んぁっ……。ヴィンター、あふっ、気持ちよさそうな顔してる……」

「フスィノさんも、そうですよ……」

「んっ……そうかも。だって……あ、あぁっ♥　これ、太いのが、わたしの中を擦って……♥　ん

あぁっ！」

　腰の動きを速くしながら、彼女が僕を見つめる。

「あ、あぁっ……おちんちん挿れられるの、こんなにすごいなんて……んぁ、くぅんっ！　わたし、あっ、ああぁっ……♥」

　フスィノさんが速度を上げると、ぐちゅぐちゅといやらしい音が響いてきた。

　愛液が溢れる蜜壺が掻き回され、卑猥な音を立てる。

「んぁっ♥　あっあっ♥」

　彼女の声も高く、エロさを増していった。

「はぁっ、あっ、ああっ♥　ヴィンター、わたし……あ、あぁっ……これ、よすぎて、イっちゃいそう……！」

「うぁ、ああっ……」

　彼女がきゅっと膣道を締めて、肉棒を圧迫してくる。

　同時に興奮のままどんどんと、腰が速く荒々しい動きになっていった。

「んはぁっ♥　あっあっ♥　だめ、すごいの、あ、ああっ！」

　膣襞が擦れ、肉棒を締め上げてくる。

　精液をねだる女の動きが、僕を追い詰めてきていた。

「んはぁっ♥　あっ、ああっ！　すごい……セックス、すごいのっ……♥　こんなの、あぁっ、わたし、んくぅっ！」

「あふっ、フスィノさん、僕、もうっ……！」

射精感がこみ上げてきて、限界近いのを感じる。

「あふっ、いいよ……♥　わたしももうっ、あ、ああっ！」

「んぁっ！」

彼女がラストスパートとばかりに、腰の動きを速くしてきた。

じゅぼじゅぼっといやらしい音が響き、肉竿がおまんこに貪《むさぼ》られる。

「んはぁぁーっ♥　あっ、もうだめっ！　あ、んぁっ♥　イクッ！　イクイクッ！　あっ、んはぁぁぁぁあぁあぁっ♥」

「あぐぅっ！」

彼女が絶頂し、ぐっと身体をのけ反らせる。

それと同時に、おまんこが一気に締めつけてきて、肉棒から精液を絞り上げようとしてきた。

「あっ、出るっ……！」

その絶頂締めつけおねだりに従うまま、僕は彼女の中で射精した。

「んはぁぁぁっ♥　あっあっ♥　すごっ、熱いの、出てるっ……！」

びゅくびゅくと飛び出す精液をその膣内で受け止めながら、フスィノさんが気持ちよさそうな声をあげた。

「あふっ♥　あぁ……ヴィンターの精液、んぁっ……わたしの奥にびゅーびゅー出てるっ……♥　あふ、あぁ……」

「フスィノさん、あぁっ……！」

射精中の肉棒をさらにぎゅぎゅっと締め上げられて、気持ちよすぎる刺激に僕は情けない声を漏らしてしまう。

「あ、あぁ……すごいね……これ……♥」

しっかりと最後まで精液を搾り取ると、フスィノさんは妖艶な笑みを浮かべながら僕を見つめた。

「あふ……ん、あんっ♥」

そしてゆっくりと肉棒を引き抜くと、彼女はそのまま僕の隣へと倒れ込んでくる。

「気持ちよかったけど……んっ……気持ちよすぎて、動けなくなっちゃう……」

そう言いながら、隣の僕をきゅっと抱き締めた。

いつもよりは控えめな力で抱きついてくる彼女を、僕も抱き締め返す。

「んっ……」

彼女は満足そうな声を出して、そのまま目を閉じた。

僕は彼女の体温とその柔らかさを感じながら、しばらく抱き締めたままでいるのだった。

※

三人のお姉ちゃんたちに甘やかされる暮らしはもちろん楽しいのだけれど、あまりに甘やかされすぎて、さすがにどうだろう……と思い始めていた。

そう話をすると、フスィノさんが僕をクエストへと連れて行ってくれることになった。

討伐クエストではなく、危険の少ない採取クエストなのは、たぶん僕がいるからなのだろう。

僕は、採集した薬草を持つ係として、プリマベラさんとフスィノにつれられて、久々に森へと来ていた。

「ヴィくんと出会ったのも、この森だったよね」

「そうですね。グレーグリズリーが出て……」

一般的には、出会ったらそれなりに危険なモンスターだ。

それを、プリマベラさんは飛び込んできて一斬りにしてしまった。

かなりの身のこなしだ。

「あのときは、びっくりしました」

突然現れた彼女が、自分よりも大きなモンスターを即座に倒してしまったこともだが、彼女の容姿にも、だ。

街中で歩いている姿を見かけたとしても、きれいなお姉さんだな、と思わず目を向けていただろう。そんな彼女が颯爽と現れ、自分をかばうようにモンスターを倒したのだ。

他の人が襲われているところに、咄嗟に駆けつけて倒してしまうのは、自分が一対一で対峙するよりも遥かに難しい。

しっかりと間合いや動きを計ることもできないし、かなり力の差がないとできないことだ。

「私もびっくりしたわよ。ちゃんとした装備もない男の子が襲われてるんだもの」

あのときの僕は、たしかに油断していた。

魔王戦の後だったから、もう強敵はいないだろうと、装備のチェックも怠っていたんだ。

そのため、見た目はきっと、ボロボロの村人に見えたことだろう。

「……村によっては、口へらしとかも、あるから」

フスィノさんがぽつりと言った。

モンスターの被害も減り、これからは改善していくだろうけれど、すべての村が裕福というわけではない。

それなりの街なら仕事もあるが、自給自足がメインの小さな村では、どうしようもなく人を減らさないといけないこともある。

簡素な格好や、ひとりでうろついていたこと、華奢な身体に見えたことから、僕もそうして村を追い出された子に見えたのだろうか。

「……まあ、帰りを待つ人はいなかったですし、ね」

役目を果たしたし、帰らなくても表立って問題になることはないだろう。

感謝してくれる人も、それなりにいるとは信じたい。

けれど同時に、これからの平和にとっては僕の存在が、火種になりかねないのも事実だ。

元勇者の肩書は今や、各国の様々なパワーバランスを崩しかねない。

そういう意味では、僕は王都に戻らないほうがいいという部分もあるだろう。

まあ、もうどっちにせよ戻るつもりもないけれど。

そんなふうに考えていると、プリマベラさんがむぎゅっと僕に抱きついてきた。

「そのおかげでヴィくんと出会えたし、お姉ちゃんは嬉しかったけどね」

正面から抱きつかれて、プリマベラさんのおっぱいへと僕の顔が埋もれてしまう。

もう、いつものことになりつつあるハグは、僕に安心感をもたらしていた。

「んむっ……僕もです」

ぎゅむぎゅむとハグされながら、素直に答える。

「ん、よかった」

そう言ってプリマベラさんは微笑み、さらにぎゅっと強く僕を抱きしめた。

「あぅ……」

爆乳に顔が埋まり、温かく柔らかで幸せな感触に包み込まれる。

「んむっ……」

「あん、くすぐったいよ♪」

なんとか息をすると、彼女は楽しそうに言いながら僕の身体をなでてくる。

こうして抱っこされるのにも慣れたからか、おっぱいに埋もれつつ、なんとか息は確保できるようになっていた。

それでも、おっぱいに埋もれることで感じる柔らかさや体温、そして甘やかな匂いはいつだって魅力的で……。

呼吸を確保できるようになった分、僕の中の男が意識されてしまうのだった。

「わたしも……むぎゅー」

すると後ろ側から、フスィノさんが抱きついてきた。

背中には彼女のおっぱいがむにむにと当てられて、耳元を吐息がくすぐってくる。

前後からお姉ちゃんたちに抱きしめられ、おっぱいでサンドされていると、胸がドキドキしてしまう。

そしてもちろん、股間のほうもおとなしいままとはいかないわけで。

「あっ、ヴィくん♥」

正面から抱きついているプリマベラさんは、すぐにその硬さの正体に気づき、小さく身体を揺らしてくる。

「あぅ……」

「ヴィンター、どうしたの……？」

僕の様子に気づいたフスィノさんは、耳元に口を寄せて尋ねてくる。

ささやくような声はどこか艶《つや》めかしく、くすぐったい。

「ふふっ……♥」

プリマベラさんはいたずらっぽく笑って刺激を続けてくる。

「うぅ……」

両側から抱きつかれて逃げ場のない僕は、そのままされるがままだ。

リエータさんがいないので、止める人がいなかった。

「ふー、ふー♪　……くすぐったい？」

「あうっ！」

耳元に息を吹きかけられて反応すると、フスィノさんが楽しそうに尋ねてくる。

「……お耳、弱いんだ？　ふー♪」

「う、あぁ……」

フスィノさんはそのまま耳へと息を吹きかけてきて、それを見たプリマベラさんが妖しい笑みを浮かべた。

「お耳が好きなら、私もやってあげるわね。ふぅー♪」

「んぅっ！」

フスィノさんがするよりも湿った吐息で、プリマベラさんが僕の耳を責めてくる。

それと同時に、ふたりに抱きつかれてズボンを押し上げている肉竿を、その身体で柔らかく刺激してくるのだった。

「ふふっ、かわいい反応♥」

プリマベラさんがうっとりと言って、身体を揺する。

「あふっ……プリマベラさん……」

「……お耳が弱いなら……こういうのはどう？　あむっ」

「うぁっ」

フスィノさんが、耳を軽く甘噛みしてくる。

そしてのそのまま、唇でふにふにと僕の耳を刺激した。

「ふふっ♥　反応してる。あむっ……んっ……」

「フスィノさん、あぁ……」

くすぐったさの中に妖しげな快感があって、僕は情けない声を出してしまう。

「ヴィくん、すっごいえっちな顔になってるよ……♥」

そう言いながら、プリマベラさんはその手を僕の股間へと伸ばしてきた。

「あっ……」

彼女の手が、ズボン越しに肉竿を握る。

「ほら、こんなに硬くなって……」

そしてそのまま、先端を探り当てて刺激してきた。

「あぅ……そんな、んっ……」

「ズボンの中で、パンパンになっちゃってる♥」

きゅっと亀頭を握られて、僕は腰を引こうとする。

けれど後ろからはフスィノさんに抱きつかれており、そうもいかない。

「……どうしたの？　お尻、そんなに押しつけてきて」

「あうっ……」

わかっているフスィノさんは、むしろ自分の腰を押し出してきて、僕にも腰を前に突き出させようとしてくるのだった。

「あんっ♥　ヴィくんったら、もっと触ってほしいの？　そんなに腰を突き出して、お姉ちゃんにおちんちん押しつけてくるなんて♪」

「違っ、あぁっ……」

すべてを承知の上で、プリマベラさんは僕の羞恥を煽るように言うと、そのままズボンの中へと手を入れてきた。

「おちんちん、熱くなってるね♥」

「うぅ、プリマベラさんっ……」

僕は身体を揺するけれども、きゅっと肉竿を刺激されてしまうと、その気持ちよさに上手く抵抗できなくなってしまう。

「ほら、逃げようとしないの」

「でも、あうっ……」

「あむっ……ふふっ、ヴィンターってば、むずむずしてる……」

フスィノさんはまた僕の耳を刺激して、耳元で囁いてくる。

そしてプリマベラさんは直接、肉竿を刺激してきていた。

これがベッドでなら、僕ももう少し素直かもしれない。

けれどここは森の中で……誰もいないとはいえ、やはり落ち着かない。

「こんな、外で、あぁ……」

「大丈夫、誰もいないよ……」

プリマベラさんは優しくそう言った。

その声色は慈しみに満ちていて、僕を安心させようとしているのが感じられる。

なんだか流されて安心してしまいそうだ。

けれど、そんな優しげな声とは裏腹に、彼女はパンツの中に手を入れて、僕の肉竿を遠慮なくいじっているのだった。

行動とのギャップがひどい。

「大丈夫だから……そろそろズボン、脱いじゃおうか？　おちんちんも、ずっとこの中じゃ苦しいでしょ？」

「だ、だめですっ、そんな……！」

外で裸になるなんて、と抵抗しようとすると、プリマベラさんは軽く握っているだけだった手に少し力を入れて、上下に動かしてきた。

「あぁっ！」

しっかりとおちんちんをしごかれてしまい、僕は思わず声を漏らす。

「このままじゃ、パンツの中にぴゅっぴゅってお漏らししちゃうよ……？　精液でべとべとになったまま歩くの、いやじゃない？」

「い、いやですけどっ……！」

そう言いながらも、僕は本気の抵抗をできないでいる。

心のどこかで、このまま出してしまうのも、きっと気持ちがいいと思ってしまっているのだ。

「あむっ……れろぉ」

「ひゃうっ！　フスィノさんっ！」

彼女はマイペースに僕の耳を責め続け、穴の中に舌を入れてきたのだった。

温かく湿った舌が、僕の耳穴を犯してくる。

「れろっ……じゅぶっ……♥　ヴィンター、かわいい♥」

「やめ、ああっ……」

耳を責められている間も、プリマベラさんの手コキは止まらない。

「ふたりとも、やめ……うぅっ……」

僕は声を絞り出すけれど、心の奥底では、もう止めてほしいとは思えなくなっていた。

「ヴィくん、やっぱりお外でお射精するのは恥ずかしいの？」

「……んっ！」

僕は大きく、何度も頷いた。

「そっか……」

プリマベラさんはそう言うと、肉竿をしごいていた手を止める。

ひとまず出してしまう危険はなくなったものの、握られたままということもあり、興奮が収まることはない。

彼女の手の中で、どくどくと脈打っているのが自分でもわかる。

「でも……大丈夫？」

「な、なにが……」

プリマベラさんの問い掛けに、僕は浅い呼吸のまま尋ねる。

「ここで止めちゃったら、つらくない？　おちんちんこんなに硬くて、我慢汁まで溢れてきちゃってるのに……」

「うぅ……」

プリマベラさんの言うことは正しい。

外でするなんて、という僕の理性とは裏腹に、もう欲望は膨らんで、すぐにでも出したいと訴えかけている。そもそもこんな状態にしたのは、プリマベラさんたちなんだけど。

「それに……」

プリマベラさんは言い含めるように、優しく言った。

「おちんちんムラムラした状態で、集中できる？　このまま歩きだしても、ヴィくんはえっちなことばかり考えちゃわない？」

「うっ……」

それは否定できない。

今だってもう気持ちよくなりたいと思っているし、後ろから押しつけられるフスィノさんのおっぱいや、僕の耳を責めてくる舌。

プリマベラさんの爆乳や、肉棒を握る手の気持ちよさにばかり意識が向いてしまっている。

このままここで終わり、となったところで、ふたりの後ろ姿ばかり、えっちな目で追ってしまいそうだった。

「ね？　それなら、一度すっきりしておいたほうがいいと思わない？　ちゃんと気持ちよくなったほうがいいよ」

「う、うぅ……」

ここまで来てしまったら、そのほうがいいかもしれない。

僕は流されて、小さく頷いてしまった。

「ん、よくできました。それじゃお姉ちゃんが、ちゃんと気持ちよくしてあげるね♥」

そう言って、プリマベラさんは手コキを再開した。

細い指が肉竿をしごき、刺激を与えてくる。

「ん、れろっ……ふぅっ……」

フスィノさんも僕の耳を舐め、おっぱいをむぎゅっと押しつけてきた。

欲望に素直になったからか、先ほどまでよりストレートに快感を受け止めることができた。

愛撫が再開されると、既に寸止め状態だった僕は、射精欲が湧き上がってくるのを感じる。

「ね、ヴィくん、どっちがいい？　このままお姉ちゃんのお手々でおちんちんしごかれて、パンツの中に出すのと……」

彼女は言葉を句切ると、艶めかしく口を開けて僕に見せてきた。

プリマベラさんの口がくぽっと開き、甘い吐息が漏れる。

そして舌がちろりと動いて、僕を誘ってきた。

「お外だけどおちんちんをパンツから出して……お姉ちゃんのお口でなめなめされて、ぴゅっぴゅっするの、どっちがいい？」

「あぅ……」

「れろっ、ちゅぶっ……！」

「んうっ」

タイミングを見計らったかのように、フスィノさんが舌を耳穴に入れて愛撫してくる。

そのまま耳朶をくすぐり、色っぽい吐息を耳元に吹きかけてきた。

「あ、あぅ……」

お口での誘いを、よりリアルに焚きつけてくるその行為に、僕の頭はぼんやりと溶かされてきてしまう。

外なのに、という思いは気持ちよさの前に敗北してしまった。

「く、口で……」

「はぁい♪」

僕が言うと、プリマベラさんは手を止めて、僕のズボンへと指を掛けてくる。

そしてそのままズボンごと、下着も引きずり下ろした。

「あうっ……」

「あぁ、おちんちん、とっても元気だね♥」

彼女は楽しそうに言って、つんつんと先っぽをつついてくる。

「お外なのに、ビンビンのおちんちん丸出しにしちゃってる……♥」

「うぅ……」

プリマベラさんに言われて、再び羞恥心が湧き上がってくる。

けれどそれ以上に、もう快楽への期待が大きい。

「反り返ってガチガチのおちんちん……♥」

彼女はうっとりと眺めると、膝立ちで肉棒と高さを合わせ、一度僕を見上げた。

上目遣いに見ながら、またアピールするように口を開く。

唾液がわずかに糸を引いて、いやらしい。

「それじゃ、お姉ちゃんのお口で、気持ちよくしてあげるね♥　れろぉっ」

「あうっ……」

彼女はまず、大きく舌を伸ばしてぺろりと肉棒を舐め上げてきた。

熱く湿った舌にひと舐めされて、肉竿がぴくりと反応する。

「あはっ♪　もう一回ね。えろぉっ……♥」

「あ、あぁっ……！」

ねっとりと舐められると、ゾクゾクとした快感が肉竿から腰へと流れてくる。

即座に出してしまうような快楽ではなく、もっとじんわりとこちらを追い詰めてくるような気持ちよさだ。

「れろっ……ちゅっ♥」

「うぅ……」

軽く肉竿にキスをされて、我慢汁を舐めとられる。

「ちろっ……ん、ぺろっ……」

「ヴィンター、気持ちよくて腰抜けちゃいそう？　わたしが支えててあげるから、もっと蕩けちゃっていいよ……」

「あ、あぅっ……」

フスィノさんがあらためて、ぎゅっと僕を抱き締めてくる。

言葉どおり、彼女は快楽にとろかされている僕を支えて、そのまま立たせていた。

「れろっ……ちゅ、ちゅぅっ……♪　ヴィくんの我慢汁、どんどん溢れてきてる……お外で……れろっ……おちんちんを丸出しにしてぇ……♥　ちゅぅっ♪　お姉ちゃんに舐められて、気持ちよさそうな顔して……」

「う、うぅ……プリマベラさん……」

彼女は僕の羞恥心を煽りながら、肉棒を舐め続ける。

咥えずに舌で舐めて焦らしながら、妖艶な笑みを浮かべていた。

「恥ずかしいよね……？　でも、ぺろっ……とっても気持ちいいでしょ？　ちゅっ♥　いけないことしてるって感じで……」

「んっ……」

僕は受け入れるように頷く。

森の中で、フスィノさんに後ろから抱き締められて、プリマベラさんにフェラをされて……。

ベッドの上とは違う興奮があるのは確かだった。

僕が認めると、プリマベラさんは大きく口を開ける。

「それじゃ……お姉ちゃんのお口で気持ちよくなって、いーっぱいぴゅっぴゅしようね♥　んあーむっ♪」

「あぅっ！」

プリマベラさんはいきなり僕のモノを半ばほどまで咥え込むと、そのまま顔を前後へと動かし始めるのだった。

「んぶっ……じゅぶっ……んぁ……お姉ちゃんのお口まんこ、ヴィくんのおちんちんをじゅぶじゅぶして気持ちよくしてあげる」

「あ、ああっ……！」

勢いよくピストンが行われて、これまで焦らされていた分の快感がどんどん肉棒へ送り込まれてきた。

「んぶっ……じゅぶ、じゅぶっ……」

「……それじゃ、わたしも……れろっ、ちゅっ、じゅるっ……！」

フスィノさんもより激しく耳穴へ舌を出し入れしてくる。

肉棒をしゃぶられる快楽と、より近くで鳴る卑猥な水音。

触覚と聴覚に加え、プリマベラさんはその整った顔立ちをドスケベなフェラ顔にして肉棒をしゃぶって、視覚も楽しませてくれる。

そして抱き締められて感じる、フスィノさんの甘やかな香り。

「んぶっ……ちゅっ、じゅるっ……ヴィくん、れろぉっ……らひてっ……あふっ、おねーちゃんのおくひに、んぁ、ああっ……♥」

「あ、ああっ……！」

口いっぱいに肉棒を頬張りながら、プリマベラさんが射精を促してくる。

同時にピストンが激しくなり、彼女の口内で肉棒が暴れる。

「じゅぶっ……れろっ、ちゅぅっ♥ じゅぶ、ちゅくっ、じゅぼぼぼぼぼぼっ」

「あ、出るっ、うあぁっ！」

最後に強力なバキュームを受けて、僕はプリマベラさんの口内へと射精した。

「んぶっ！ ん、んふっ♥ ちゅぶ、んくっ……ちゅぅぅっ♥」

「あ、ああっ……」

射精中の肉棒に吸いついたプリマベラさんは、僕の出した精液を飲んでくれながら、さらに吸い込んでくる。

ガクガクと快感に震えて崩れそうになる腰を、フスィノさんが支えてくれる。

「んうっ、ちゅく、んく……ごっくん！ あふっ……ごちそうさま♪」

しっかりと精液を飲みきったプリマベラさんが、そこでようやく肉棒を解放してくれた。

「あぁ……」

僕は射精の快感に、ぐったりと脱力する。

「ん、ちゃんとすっきりできたよね？　続きは帰ったら、ね？」

プリマベラさんはにこやかな表情で、僕にそう言ったのだった。

うぅ……。こんなに搾り取られたら、結局体力を消耗してしまう……。

そんなことを思いつつも、僕は気持ちよさに満足してしまうのだった。


その後、僕らは身支度を整えて、ちゃんとクエストを実行した。

結局、いつもとは違う場所でえっちに甘やかされていただけみたいだけど……。

ふたりは満足そうなのだったので、とりあえずいいと思うことにしたのだった。

※

のんびりとした暮らしは心地いいけれど、時折、役に立っていなさすぎて、これでいいのだろうかと疑問に思う。

という話を、夜、ふたりきりのときにフスィノさんにしてみた。

「……そうなの？」

フスィノさんは、そう言って首を傾げる。

彼女は三姉妹ではいちばん下で、この家に来たときにはすでに、プリマベラさんとリエータさんの姉ふたりには、家族関係ができていたという。

そしてたぶん、僕のようにお姉ちゃんたちから甘やかしを受けていたのだろう。

僕の視線でそれを察したのか、彼女が答えた。

「ん、たしかに、プリマ姉もリエータ姉も、甘やかしがち」

彼女は大きく頷いた。そんな彼女は、どこか嬉しそうだ。

フスィノさんも、姉ふたりのことが大好きなのだろう。

「でも、それでいい……」

「それでいい……？」

僕が首を傾げると、彼女は頷いた。

「なにもしなくても、甘やかされて、愛されているのは嬉しい」

「……たしかに」

そもそも、役に立ちたいと思うのだって、みんなのことが好きで、もらっているものを少しでも返したいと思ったからだ。

「役に立つかどうかが、すべてじゃない。……ヴィンターは、プリマ姉たちが役に立つから好きなの？」

「いえ、そんなことはないです」

「ん」

僕が即答すると、フスィノさんはこくりと首肯した。

「そういうもの。……能力ばかり見られるのは、寂しい」

フスィノさんはそう言うと、ぽつり、と話し始めた。

「わたしは元々、そうだったから……。役立つから褒められて、次はもっと、と期待されて……それだけだった」

彼女がここに来る前の話は、初めて聞いた。

いや、僕もそうだけれど、昔のことを話す機会ってなかったな……。

僕の過去があまり明るいものでなかったから、というのもあるし、今ここで過ごす時間が大切だから、昔のことは昔のこと、と割り切っていたこともある。

初めて聞くフスィノさんの過去は、元勇者である僕としても、共感しやすいものだった。

「普段プリマ姉と行ってるクエストも、だいたいは、どちらかだけでも十分にこなせるものばかりだし……」

「たしかに」

プリマベラさんの戦闘能力があれば、ひとりでもまるで危なげがないはずだ。

泊りがけの場合は見張りとかを交代できないと厳しいが、遠出をしないタイプの冒険者なら、単独でいることのリスクも少ない。

そう考えると、たしかに今のスタイルなら、プリマベラさんとフスィノさんはそれぞれにクエストを受けて動いたほうが、効率はいいはずだ。

「でもそうじゃないの……。効率が悪くても、能力をフルに発揮しなくても、いっしょにいるのがいいの」

その言葉に、僕は頷いた。

役立つことだけを考えてしまうのは、これまでと同じなのだ。

「ん」

彼女は僕の様子を見てうなずくと、ぎゅっと抱きしめてきた。

「こうしていると、温かいね」

それは一見、これまでの流れと関係ないセリフだったけれど、僕を安心させていった。

「ん、ちゅっ」

彼女は僕を抱きしめて、そのまま頬にキスをしてきた。

ちょっとくすぐったいような唇の感触に、温かさと気恥ずかしさを覚える。

「……そんなに見つめられると、恥ずかしい……」

そう言ったフスィノさんは、僕の首元へと顔をうずめてきたのだった。

彼女の吐息が僕の首筋をくすぐってくる。

「ね、ヴィンター、大丈夫だよ」

そう言って彼女は僕の頭を撫でた。

片方の手は頭を撫でながら、もう片方の手はだんだんと下へおりていく。

「不安を感じないくらいに、愛してあげる」

彼女はそう言って僕の身体まさぐっていき、背中やお尻まで撫でていった。

「さ、服も脱いじゃおうね……」

彼女が僕の服へと手をかける。

僕もフスィノさんの服へと手をかけ、互いに脱がせていく。

「……ん、ヴィンター……」

フスィノさんは、ちょっとくすぐったそうに身を捩る。

そんな彼女の反応を楽しみながら脱がせていくと、ぶるんっ、と大きなおっぱいが揺れながら現れた。

それを追った僕の目を見て、フスィノさんは妖しく微笑む。

「プリマ姉ほどじゃないけど……わたしも、おっぱい大きいでしょ……？」

「うっ……」

見ていたことを指摘されると、恥ずかしくなって口ごもってしまう。

「いいよ、好きにして……」

そう言って、彼女は無防備に胸を突き出してくる。

「あぅ……」

スキンシップのときもえっちのときも、彼女たちのおっぱいで責められ、気持ちよくなってしまうことは多い。

けれどこうして、好きにしていいと任せられる状態はあまり多くなくて、僕はなんだかちょっと緊張しながら、その胸へと手を伸ばした。

「んっ」

フスィノさんのおっぱいが、むにゅっと僕の手を受け止める。

ハリのある乳房が、指を受け入れながら形を変えていく。

「フスィノさん……」

指の隙間から溢れてくるおっぱいはとてもえっちで、僕はその光景と柔らかな感触に夢中になってしまう。

「んっ……あっ……あぁ……♥」

胸を揉みしだいていると、フスィノさんの声に色がつき始める。

それに、僕の手にはもっとわかりやすい反応が伝わってきていた。

「乳首、たってますね」

「んっ……ヴィンターの手……気持ちいいから♥」

「うぅっ……」

正面からそう言われると、なんだかとても恥ずかしくなってしまう。

それに、感じているフスィノさんの表情はとても艶《なま》めかしくて、いつもより大人っぽい。

「ん、あぁ……♥」

彼女は甘い声をあげると、熱っぽく僕を見つめた。

その目は、もっと、と僕におねだりしているようだった。

その期待に答えるように、フスィノさんの乳首をつまむ。

「んぁっ……♥」

弾力のある乳首をいじると、彼女が嬌声を漏らす。

「ん、それ、あふっ……反対も、あぁっ♥」

彼女が言いかけたところで、僕はお望みどおり反対の乳首も指先でつまみ、くりくりっといじり回していった。

「あふっ、ん、あぁっ……」

敏感な乳首をいじっていると、徐々にフスィノさんの表情が蕩け、どんどん感じてきているのがわかる。

そんな彼女の反応に嬉しさを覚えながら、僕は乳首を責めていった。

「あぁっ……！　ん、あふっ……ヴィンター……あっ、そこ、んっ……もっと、強めに、ん、あああぁっ♥」

きゅっと強めにつねると、彼女はびくんっと身体を跳ねさせた。

「あふっ……♥　えっちな弟くんに……乳首いじられて、感じちゃう……♥」

フスィノさんは気持ちよさそうにそう言うと、ゆっくりと脚を開いた。

「あっ……」

はしたなく広げられた彼女のそこは、もう十分なうるみを帯びていた。

隠すものもなく赤裸々に晒されている、女性のアソコ。

薄く口を開けた陰唇から、ピンク色をした中身がわずかに覗ける。

「うぅ……」

そこは一見清楚でありながらも、いやらしい蜜に濡れ、オスのものを待ちわびて小さく震えているのがわかった。

その光景を目にした僕は、すぐにでもその花園へと飛び込みたくなってしまう。

「ふふっ……♥　ね、ヴィンター……」

フスィノさんは誘うように僕を見て、言った。

「ほら、来て……わたしが、ヴィンターの全部、抱きしめてあげる……♥」

彼女が両手を広げて僕を迎え入れようとしてくれている。

「うん……」

僕は素直に頷くと、その胸に飛び込んだのだった。

「んっ♥　いいこ……かわいい弟くんのおちんちん、わたしのおまんこに……ちゃんと入ってきてるっ……♥」

僕たちは横向きに抱き合いながら、繋がった。

肉棒が彼女の膣内へと侵入していく。

もう十分に潤っていたためスムーズではあるけれど、どちらが上でもないこの姿勢だと、勢いは控えめだった。

その分、膣襞をかき分けて彼女の奥へと向かっているのが、はっきりと感じられる。

「んぁ♥　あぁ……」

しっかりと肉棒を挿入すると、フスィノさんが僕へと手を伸ばす。

「ほら、ぎゅーって」

「んぅっ」

彼女に抱きしめられる。

腕がしっかりと頭に回されて、おっぱいへと飛び込む形になった。

もにゅんっ。

その甘い匂いと柔らかさに包まれながら、僕は彼女の腰へと手を回す。

「あぁ……♥　ヴィンター、あふっ……」

僕の顔をおっぱいに押しつけながら、フスィノさんは気持ちよさそうな声をあげる。

そして、そのまま小さく動き始めた。

「んっ、あっ、ふぅ、んっ……♥」

彼女が身体を動かすと、蜜壺がきゅっと肉棒を締めつけてくる。

襞が肉竿を擦り、気持ちよさが伝わってくる。

「あぁ……なんだかすごく、繋がってるって感じがする」

「うん……」

横に寝た体勢上、あまり大きくは動けないが、密着感が強く、心が満たされいく感じがする。

それに彼女の中はまだまだ狭くて、襞がうねってくる。

挿れているだけでも十分に気持ちが良かった。

「よしよし……わたしの身体……いっぱい感じて……？」

そう言いながら、フスィノさんが小さく腰を振る。

「あうっ……」

絡み合った体勢のまま、緩やかなピストンの刺激が広がっていく。

「んぁっ……♥」

くちゅっと音を立てて肉竿が彼女の中をこすると、フスィノさんが腰を止めた。

その代わりというべきか、膣襞は蠢動して肉棒に絡みついてきていた。

「じゃあ、今度は僕が……んっ」

ゆっくりと腰を動かしていく。

彼女の中を往復し、その膣内をほぐしていった。

「んっ……あぁ……♥」

フスィノさんは気持ちよさそうな声を出しながら、僕の頭を撫でる。

そしてギュッと抱き寄せ、その谷間へと僕を向かえ入れた。

「あぁ……」

柔らかなおっぱいに挟み込まれると、甘やかな香りが僕を満たしていく。

女の人の匂いは、僕の本能に訴えかけてきた。

「ふふっ……ヴィンター♥　おちんちんがびくんって動いたね……♪」

「あうっ」

それと同時に、フスィノさんはきゅつと膣道を締めて、肉棒を圧迫してきた。

ぞりっと肉棒が擦り上げられ、快感がはしる。

「んぁっ♥　もうっ、あふっ……♥」

反射的に腰を引いてしまい、それがかえって強い刺激になって僕を責めてきた。

フスィノさんも気持ちよかったみたいだけれど、それ以上に僕は追い込まれてしまい、ぐつぐつとした射精欲が高まってしまう。

「あっ、んっ、フスィノさんっ……！」

「んはぁっ♥　あっ、ヴィンター、そんなに、んぅっ♥」

追い立てられるような快感には逆らえず、僕はさっきまでとは違って、勢いをつけて腰を振っていった。

「あっ♥　そんなに、んぁっ♥　一生懸命っ……おちんちん、しゅこしゅこされたらぁっ……♥　あっ、んぅっ……！」

動かしにくい体勢のぶんも頑張って振っていくと、フスィノさんのおまんこもそれに応えるように、きゅんっと締まってくる。

「あうっ……僕、もうっ……」

せっぱ詰まった声が漏れて、彼女のおっぱいに受け止められる。

「んぁ、ああっ……！　いいよ♥　いっぱい……腰をふって……わたしのおまんこでおちんちん気持ちよくなって……♥」

「あぁっ……！」

僕は腰を振り、彼女の蜜壺を勢いよくついていく。

ぐぐっと精液が上がってくるのを感じて、その奥を目指していった。

「んはぁっ♥　あっ、あぁぁっ♥　ヴィンター……あふっ！　んぁ、わたし、わたしも、もうっ……あっ、あぁぁっ！」

蠕動する膣襞に包まれながら、僕は欲望のまま、その奥へと肉棒を突き出した。

「う、あぁっ……！」

どびゅっ！　びゅるるるるっ！

そしてそのまま、射精する。

「んぁぁぁっ♥　あっ、あふっ……おちんちん、中で跳ねてっ……あぁっあっ♥　イクッ！　奥に……中出しで、んはぁぁぁぁぁぁっ♥」

「あぐっ、んっ……！」

射精中の肉棒が、フスィノさんの絶頂まんこに締め上げられてしまう。

「あうっ、んんっ……！」

「あひゅっ、んぁ♥　せーえき、もっと出てきてるっ、あふっ♥」

敏感な肉竿を締め上げられ、もっとと要求されて、僕の精液は彼女の女性器で残らず絞り上げられてしまった。

「あふっ……」

その快感は大きく、射精を終えた僕はぐったりと力を抜く。

ぬるり、と肉棒が抜けると、フスィノさんは僕を優しく抱き締めた。

そしてそのまま、再び撫でてくる。

「よしよし……」

射精後の倦怠感に包まれた僕は、そのまま眠気に襲われていく。

「いいよ……そのまま寝ちゃって……」

「ん……」

彼女の言葉に甘えて、僕は撫でられながら、眠りに落ちていくのだった。

第四章　甘やかさない甘やかし

三人のお姉ちゃんたちと暮らしはじめて、気がつけばかなりの時間が過ぎていた。

やはりというべきか、国側が本腰を入れて僕を探している様子はない。

魔王も倒され、明確な脅威がなくなった今、勇者もお役御免というわけだ。

結局は、面倒ごとを抱え込まないようにするためなのだろうか。

それとも、僕に自由を与えてくれている……なんてことも、あるのかな？

どちらなのかは、分からなかった。

そんなわけで、今ではもうそちらを気にすることもなく暮らしている。

「それにしても……」

僕はクエストに出たふたりを見送った後、申し訳程度の在庫管理をして、あとは時間を持て余していた。

家事は基本的にリエータさんが完璧にこなしており、下手に僕が手を出したところで足を引っ張るだけだ。

これといって何をするわけでもなく、完全にヒモ状態で暮らしている。

フスィノさんとの会話の後も、何回かその話をお姉ちゃんたちとしているけれど……。

例えばプリマベラさんは「ヴィくんはいてくれるだけでいいの♪　むしろ役に立とうとするなんて、すこくいい子！」とダダ甘やかしモードに入って、僕を抱き締めてよしよしと撫でてくるだけだった。

フスィノさんはいつも「弟は、甘えるもの……。ほら、こっち……」と僕を招き寄せて、そのまま添い寝に入ってしまう。あのとき言ったとおりで、なにもしなくていいということなのだろう。

結局は、いつもそうやって甘やかされてしまうのだった。

だから次には、そんな話をリエータさんにしてみることにした。

彼女は他のふたりほどには、僕を露骨には甘やかしてこない。

けれどそれもまた、僕を思いやった甘やかしなのだ。

それに……。

「ヴィンターは、甘やかされるのが落ち着かないのよね」

「そうみたいです」

プリマベラさんとフスィノさんがいるときは、その勢いに掻き消されがちだけれど、僕とふたりきりのときには、リエータさんも素直に甘やかしてくることがある。

今も僕に膝枕をした状態で、頭を撫でてきているのだった。

冒険者であるふたりと比べると、華奢さが目立つリエータさん。

彼女の、筋肉がほとんどどない、細くて柔らかな腿に頭を乗せているととても気持ちが良くて、心が安らぐのだった。

「まあ、それもちょっとわかるけどね。あたしも、まっすぐ甘やかさられるのって、ちょっと恥ずかしくなっちゃうほうだし」

そう言いながら、彼女は優しく僕の頭を撫でてくる。

穏やかな気持ちよさに、僕は軽く目を閉じた。

「ヴィンターは、誰かを甘やかすほうが好き？　ほら、お姉ちゃんとか思いっきりそういうタイプじゃない？」

「そんなことはないですけど……」

確かに、プリマベラさんは妹や弟を甘やかすのが、ほんとうに大好きなタイプだ。

ただ甘やかしにして、とろとろにしてしまう。

リエータさんも、なんだかんだと人の面倒を見てあげるのが好きなタイプなのだろう。

仕方ないんだから……と言いながら全部面倒を見てくれて、なんなら先回りで色々してくれちゃうダメ人間製造機タイプだ。

フスィノさんは、そこまでではない。ただ甘やかしというよりは、いっしょにのんびりとして、堕落してくれるタイプだろう。

そう考えると……僕はやっぱり、どちらかというなら甘やかされているほうが好きなタイプ、なのかなぁ。

三人のために何かしたいとは思うけれど、それは甘やかしたいというよりも、一方的にお世話になりっぱなしで気が引ける、みたいなものだと思うし。

「じゃあヴィンターは、ただ一方的に甘やかされてるのがちょっと戸惑うだけなんだ？」

「そうかもしれません」

「ふうん」

僕が素直に頷くと、リエータさんは微笑んでから少し考えるようにした。

「えっちのときも、甘やかされえっちじゃないほうがいいの？」

僕の頭を撫でながら、リエータさんが尋ねてくる。

「そう……ですね」

ちょっと迷ったけれど、僕は頷いた。

甘やかされるのも嫌いじゃないけど、男らしくリードしたい気持ちもある。

ああ、もしかしたら僕は、甘やかされるだけじゃないんだぞ、ってところをちょっと背伸びして見せたいのかもしれない。

うぅ……なんだかその考えは、かえって子供っぽくて恥ずかしくなってしまうけど。

「ふーん、そうなんだ」

甘やかされないほうがいい、という僕の答えを聞いたリエータさんは、そう言って僕を見ると、妖しい笑みを浮かべた。

「じゃあ、今日は甘やかさないえっちをしてあげる……ふふっ♥」

「あぅ……」

妖艶に微笑むリエータさんに、僕はぞくりとしたものを感じてしまう。リエータさんともえっちなことはすでにしちゃっているけれど、こんなふうに誘ってくるのは初めてだ。

その正体を確かめるまもなく、リエータさんは僕をそっと寝かせると、そのまま覆い被さってきたのだった。

「覚悟しててね♪」

彼女はそう言うと、自ら服を脱いでいく。

ぶるん、と揺れながら現れたおっぱいに目を奪われていると、彼女は僕の身体を足で挟むように膝立ちになったまま、ショーツを下ろしていく。

「…………」

スリットの深いスカートの中に手を入れると、するすると下着が下ろされていく。

その光景に、唾を飲みながら見入ってしまう。

身体を傾けながら、彼女は片足ずつ下着を抜いていった。

その動作の最中に、スカートの奥にちらりと見えてしまった、彼女の秘めたる花園。

「ふふっ……ヴィンターってば、すっごく熱心に見てるのね」

「あぅ……」

指摘されると、やっぱり恥ずかしくなってしまう。

「それにここ……ズボン越しでも大きくなってるのわかるくらい、おちんちん膨らましちゃってるじゃない」

「んっ……」

彼女はその白い膝を使って、軽く僕の股間を圧迫してくる。

足を持ち上げると、スカートの中が見えてしまうわけで……。

僕の興奮は収まるどころか、さらに煽られてしまう。

「もう、そんなに素直な反応されたら……でも、今日は甘やかさないって決めたからね」

彼女はそう言うと、膝をどけて服を脱いでいく。

そして生まれたままの姿になると、今度は僕の服に手をかけて、脱がせてくる。

まずは上半身をまくり上げられ、そのまま脱がされる。

「なんだかんだ、素直に従っちゃうもんね♪」

「うっ……」

指摘されて一瞬固まる。

けれど、ここで反抗するのも、かえって子供っぽい。

そんなふうに思ったため、下半身のほうも素直に脱がされていった。

「んっ……♥　おちんちん、もうこんなになってる」

先ほどはからかうようだったリエータさんだけど、肉棒を目にすると、その声が色を帯びていくのがわかった。

「それじゃ、甘やかさないえっち、してあげる♪」

彼女はそう言うと、仰向けの僕へと重なってくる。

「あうっ……」

リエータさんの大きなおっぱいが、むにゅりと押しつけられた。

柔らかさを感じていると、彼女は身体をずらして位置を調整する。

その動きでむにゅむにゅとおっぱいが形を変えて、僕を誘惑してきていた。

「あたしのおっぱい、気持ちいい？」

それを見て取った彼女が、楽しそうに尋ねてくる。

「はい……」

「そうなんだ♪」

素直に答えると彼女は嬉しそうに笑って、もう期待に膨らんでいる僕の肉竿を、きゅっと握ってきた。

「あぁ……おちんちん、もうこんなに硬くして……♥」

「あふっ、あぁ……」

きゅきゅっと硬さを確かめられるように握られると、心地いい刺激が湧き上がってくる。

彼女の柔らかな手は、そのまま僕の肉棒を緩やかにしごき始めた。

「いっしょに、こっちを責めてあげる」

リエータさんは片手で僕の肉竿をゆるゆるとしごきながら、ぐっと身体を押しつけてきて乳首へと舌を伸ばした。

「あうっ！」

「れろっ……ふふっ、かわいい反応……♥」

彼女はそのまま、ちろちろと僕の乳首を舌先でいじってくる。

くすぐったいような、気持ちがいいような、不思議な感覚。

「男の子でも、乳首って感じるらしいわよ？　ほら……ぺろっ」

「うっ、あぁ……リエータさん……」

気持ちよさのメインは手コキだけれど、同時に行われているせいか、それともリエータさんの舌がえっちすぎるのか……。

舐められている乳首からも淡い快感が若い上がり、僕を責めてきた。

「ふふっ、乳首を……れろっ……舐められて、そんなに気持ちよさそうな顔しちゃって……ぺろっ……ちゅっ……」

「う、あぁ……」

唇で軽く吸いついてきたリエータさんは、反応を見るように僕の顔を見上げる。

上目遣いで乳首へ舌を這わせる表情はとてもエロく、僕の興奮を高めていった。

「れろっ……ちゅ……」

それと同時に、肉棒への手コキも続いている。

緩やかな手つきではあるものの、こうしてしごかれ続けられていると、どんどんと気持ちよくなってしまう。

「あっ、今日は甘やかさないえっちだから……れろっ……あたしがいいって言うまで、イっちゃダメよ？」

「ええっ……」

僕が思わず情けない声をあげると、リエータさんは肉竿をしごく手を速めた。

「あぁっ……！」

「だーめっ。ちゃんと……ぺろっ……我慢しないと♪」

その言葉に反して、彼女のしなやかな手はしっかりと肉棒を握り、しゅっしゅっと上下にしごいてくる。

「あ、あぁ……だめ、リエータさんっ……」

「れろっ、ダメだからね？　ちゅぅぅっ♥」

「んくっ……！」

彼女は乳首に吸いつきながら、裏スジのところを指でくりくりといじり回してくる。

「あぁっ♥　おちんちん、跳ねちゃってる……♪　ヴィンター、もう射精したいんだ？　でも、ダメだからね」

「あぁっ……リエータさんっ……僕っ……」

「甘やかされたくなっちゃった？　それなら、明日からはちゃんと優しいえっちしてあげる。でも……今日はだめ♥」

リエータさんはリズミカルに手コキを続けて、僕を追い込んでいく。

睾丸から精液がせり上がってくるのを感じて、僕はぐっと身体に力を入れながら、射精の瞬間を受け入れた。

「う、でももうっ……」

こんなふうにしごかれたら、我慢なんてできない。

僕は謝罪の言葉を思い浮かべながら射精しようと──。

「はい、休憩。んっ」

「あぁっ……」

乳首にチクッとした刺激がはしるのと同時に、ぱっと手が離されてしまう。

急に快感がなくなり、僕の肉棒はぴくりと跳ねたものの、射精には至らなかった。

乳首のほうは甘噛みされていたらしい。

けれどそれよりも、僕は射精直前で止められてしまった肉竿のほうへと意識が向いていた。

「あっ……」

「あぁ♥　おちんちんから、とろとろって我慢汁があふれ出してきちゃってるね……♥　ほらぴくぴく震えちゃってる」

彼女は僕の肉棒へと手を伸ばし……触れる直前で止めてしまう。

そんな彼女に翻弄されて、僕は物欲しそうな顔をしてしまった。

「そんなにおちんちん触ってほしいの？　お姉ちゃんのお手々で、しこしこぴゅっぴゅって気持ちよくなりたいんだ？」

「うぅ……」

彼女は僕の反応を楽しみながら、肉竿ではなく乳首のほうをいじってくる。

「乳首もたっちゃってるね。……おちんちんみたいに大きくないし、硬くもないけど……しっかり感じてくりくりになってる」

彼女は指先で乳首をなで回して、僕を見る。

「やっぱり乳首だけじゃ物足りない？　それじゃ、またちょっとだけいじって、おちんちんも気持ち良くしてあげるね……」

「あふっ……」

宣言どおり、リエータさんが僕の肉棒を掴む。

焦らされていた分、それだけでも気持ちよくて、声が漏れてしまった。

「ガチガチのおちんちん……こんなに我慢汁垂らして、触られて喜んでるんだね……。ほら、しこしこ、しこしこ……」

彼女の手がゆっくりと肉棒をしごき始めたかと思うと、すぐにそのペースが上がってくる。

「しこしこしゅっしゅっ……おちんちんからどんどんお汁があふれ出してる。イっちゃう？　イっちゃいそう？」

僕を上目遣いで確認しながら、リエータさんが尋ねてくる。

先ほどの寸止めで出そこなった精液が、再び尿道をせり上がってくる。

「あっ、んぁっ……！」

僕は声を漏らしながら、その瞬間を迎えようと——。

「まだダーメ♥」

「あぁっ！」

ぱっと彼女の手が離れて、快感が消えてしまう。

リエータさんはそんな肉竿へと顔を近づけた。

「あぁ……♥　おちんちんの先っぽ、えっちなお汁をこぼしながら、くぽくぽって発射口をひくつかせてるね……♥」

「あ、あぁ……」

じっくりと肉棒を眺める彼女の吐息がかかり、それだけでも、焦らされているそこは期待に震えてしまう。

「おちんちん、すっごくイキたそうにしてる……よしよし」

「あぁっ……」

彼女は掌で、射精直前の亀頭を優しく撫でてくる。

その刺激は気持ちよくももどかしく、今の僕には生殺しともいえた。

「あっ、今日は甘やかさないんだった……んっ♥　ちょっと撫でただけで、ヴィンターのえっちなお汁があたしの手に糸引いてる♥」

僕の亀頭から離れた彼女の手に、先走り汁がねっとりとついている。

寸止めを繰り返されたせいか、その我慢汁さえいつもより粘度が高い気がした。

「あぁ……んっ。しょっぱい」

彼女はその手を顔に近づけると、軽く匂いを嗅いでから、ちろりと舐めとった。

その仕草はますます僕を焚きつけてくる。

このまま、彼女に襲い掛かってしまいたい。

そんな欲望を察知したわけではないだろうが、彼女の手が再び僕の肉竿を握った。

「もう一回♪　しこしこっ……」

「あ、あぁ……」

手コキが始まるともう我慢できず、彼女へと手を伸ばそうとする。

「だーめ、我慢」

「あふっ」

きゅっと肉棒の根元を強めに握られて、気持ちよさが堰《せ》き止められる。

「じっとしててね。我慢、我慢……」

「うぅ……」

そう言いながら、彼女は強めに掴んだまま、また手コキの速度を上げてきた。

「あぁっ……だめ、もうっ……！」

「おちんちんぴくぴくしてる……でも、我慢したらすっごく気持ちいい射精できるよ？　溜めた分びゅっびゅって」

彼女は肉棒をしごきながら、僕を上目遣いに見つめる。

その目は興奮で潤んでおり、リエータさんもまた、えっちな期待を抱いているのがわかった。

「ヴィンターも、どうせなら手よりもあたしのおまんこで射精したくない？　ほら、あっ、あたしのここに……」

軽く腰を浮かせながら、リエータさんが空いているほうの手を、自らの秘所へと滑らせるのがわかった。

「あっ♥　ん、あたしのここも、もう準備できてるし……あふっ……」

僕の肉棒をしごきながら、リエータさんが軽くオナニーをしている。

その状況に興奮が高まると同時に、手で出してしまうのはもったいない、ちゃんと我慢しなきゃ、という思いも出てきた。

「あ、ああ……」

「んっ♥　あふっ、あぁっ……おちんちん、あたしの中にね、あっ、んぁっ、くぅんっ♥」

「んぐっ……！」

リエータさん自身の興奮に合わせて、手コキはさらに激しくなって、僕を追い詰めてきた。

自らの割れ目を擦り上げる指先と連動するように、肉竿がしごかれていく。

「リエータさんっ、ダメっ……僕もうっ……！」

二度にわたり寸止めされた肉棒は、限界が近い。

そう訴えるものの、リエータさんはとろんとうるんだまま、僕の肉竿をしごき上げてきた。

今度こそ、と高まってくる射精感を、僕は何とか押さえようとする。

だけど、興奮しながら勢いよくしごいてくるリエータさんの手は、容赦なく僕を高めて追い込んできていた。

「あ、あぁっ♥　ん、あっあっ♥　ヴィンター……ん、ふぁ、あっ、あぁ……。あふっ、んぅ……おちんちん……あっ！」

「んあぁっ！」

僕の限界に気付いたリエータさんが、慌てたようにぱっと手を離す。

「あ、あぁっ！」

けれど自らも自慰に耽《ふけ》り興奮していたため、一瞬タイミングが遅れてしまっていた。

僕の肉竿から、とぷんっと精液があふれ出す。

けれど、発射の寸前で手を離されたため、いつものような勢いあるものではなく、どろりと肉棒を伝っていった。

「あ、あぁ……」

気持ちよさともどかしさが僕を襲ってきた。

とぷ、とろっ……とあふれ出た精液は、快楽と同時に不完全燃焼を伝えてくる。

「あぁ……精液、ちょっと出ちゃったね……ごめんね……」

そう言いながら、リエータさんは僕の肉棒に手を伸ばそうとして、止めた。

今、もう少しでも刺激されていたら、僕はまた暴発してしまっていただろう。

「白いの、どろって溢れてる……いつもとちがって、勢いがないね」

彼女はこぼれてしまった精液を見ながら、申し訳なさそうに呟いた。

「う、うん……」

ゆっくりと呼吸をすると、ひとまず、触れただけで出そうな状態からは戻ってきた。

「ごめんね。もう我慢はさせないから……。今度はあたしのおまんこで、好きだけ射精していいからね」

そう言って、リエータさんは僕へと跨がる。

「さっきの分まで、今度はしっかり感じて、勢いよくぴゅっぴゅしてね……」

そう言うと、彼女は僕の肉棒を掴む。

半端に出した僕はそれだけで限界が近づいたけれど、彼女はそのまま、一気に腰を落として肉棒を飲み込んでいった。

「ああっ、リエータさんっ！」

蜜壺が肉竿を包み込み、その膣襞を蠕動させながら絡みついてくる。

オナニーで彼女の中も潤っており、肉棒を嬉しそうに咥え込んできた。

「んはぁあっ♥　あっ、んっ！」

そのまま身体を倒して、おっぱいをむにゅりっと僕の胸に押しつけながら、リエータさんが腰を振り始める。

腰を軽く上げると膣襞が肉棒を擦り、敏感な裏スジを刺激した。

直後、再び勢いよく腰が落とされて、ぬぷんっと奥までくわえ込まれる。

その快感は大きく、先ほどとは違う、勢いのいい快楽が僕を貫いていった。

「ああっ、ああっ！　出るっ！」

びゅるるるっ！　びゅく、びゅくくっ！

「んぁ、あぁぁっ♥」

今度こそ大きな快楽に包まれながら、僕は勢いよく射精した。

さっきの分まで飛び出した精液が、彼女の奥へと飛んでいく。

「んぁっ♥　あぁっ……♥　せいえき、でてるっ……すごい勢いで、あぁ……♥」

「リエータさんっ、あ、あぁ……」

その気持ちよさに浸りながら、僕は肉棒を跳ねさせ、たっぷりと精液を注ぎ込んでいく。

二度の寸止めと不完全な射精で焦らされた欲望が、あふれ出していった。

「あぁ……」

今度こそしっかりと欲望を吐き出して、僕は心地よさのなか、ぐったりと力を抜いていった。

先ほどまでの我慢から解放され、肉棒を包みこまれる気持ちよさに身を委ねている。

「あふっ……いっぱい出せたね。よかった」

リエータさんが優しい笑みで、僕を見つめる。

仰向けの僕に、ぴとりと身体をくっつけた状態なので、顔が近い。

「ありがとうございます……」

気持ちいい射精をした僕は、穏やかな気持ちでそう言った。

「ん」

リエータさんも短く頷き、これで終わり……とはならず。

「もう、好きなときにイっていいからね？　いっぱい、気持ちよくなってね」

「ああっ……！」

彼女はそのまま、腰を動かし始めたのだった。

「あのっ、今、イったばかりで……」

「んっ、敏感、なんだよね？　そのまま、すぐにイっちゃってもいいから」

「あう、あぁ……」

射精直後の肉棒が、貪欲な膣道にしゃぶられながらしごき上げられていく。

僕はそのまま夜通し、甘やかさないえっちで、存分に搾り取られてしまうのだった。

※

今日は重いものを買うから……ということもあって、僕はリエータさんといっしょに街へ向かうことになった。

僕たちが暮らしている家は、様々な店が集まるような街の中心とは少し離れた、森に近い丘の上にある。

街は基本的に、内側ほど驚異から遠ざけられていて安全なので、土地も高い。

そこから考えると、実質的には街の外と言ってもいいくらい外側にあるここは、やや危険ということになる。

だけどそうは言っても、家のそばまでモンスターが来るようなことは、ほぼなかった。

だから、家族が大人ばかりなら問題ない。小さい子がいると、目を離した隙にふらふらと森に入ってしまう危険があるため、気をつけないといけないが。

また、魔王がいた頃は、魔王に統率されたモンスターが人里を襲うことがあったため、危険な面もあった。

だが魔王のいない今、人里を襲いかねないモンスターは、先に冒険者たちに倒されてしまうことがほとんどだ。

そんなわけで、ある程度腕に自信のある者や冒険者などは、仕事上の利便性もあって、街の端のほうに住むことが多い。

「中心のほうは、人口が密集していて部屋が手狭なことも多いしね」

唯一、腕っぷしには自身のないリエータさんがそう言った。

冒険者であるプリマベラさんやフスィノさん。そして、最近は戦ってないけど一応元勇者な僕などは、弱いモンスターくらいなら問題にもならないのでさておき、リエータさんにとってもここは、メリットのほうが大きいらしい。

街の中心に向かうに従って、建物同士の間隔は狭くなっていく。

もちろん、本当の中心あたりには例外的な豪邸はあるけど、商店や平民向けのエリアは、小さな建物がひしめいてごちゃっとしていた。

その分、活気にはあふれており、こうしてたまに訪れるならすごくいい感じだ。

「はぐれないようにね」

「はい」

周囲に目を向けていた僕に、リエータさんが注意をした。

彼女はそれだけ告げると、そのまま歩き出す。

こちらに露骨な視線は向けず、けれど密かに注意は向けてくれている、という感じだ。

僕をある程度、大人として扱ってくれていつつ、でもやっぱりはぐれないか心配……という気遣いある甘やかしを感じる。

これがプリマベラさんだと、たぶん有無を言わさず手をつないだり腕をくんだりしてくるだろう。

弟や妹はいくつになってかわいい年下！　という感じだ。

結局甘やかすのは同じでも、その方法に違いが出てくるのは面白い。

「どうしたの？」

そんなふうに思っていると、リエータさんが声をかけてくる。

僕が注目していたのに気づいたからだろう。

彼女を見つめ、ちょっと考えてから手を差し出した。

リエータさんはそれを見て、小さくうなずく。

「はぐれてもいけないからね」

確認するようにそう言って、きゅっと僕の手を握った。

「じゃ、いきましょ」

心なしか上機嫌になったリエータさんといっしょに、僕は街を歩くのだった。

「おっ、リエータちゃんか、珍しいな」

街中で声をかけてきた人が、隣の僕を見て驚いたような顔をした。

「……弟よ」

リエータさんは僕の手を握ったまま、短くそう答える。

「ああ、君がそうなのか」

と、すでに僕のことを知っているかのようだった。

「いや、プリマベラさんがよく話してるからね」

やや微妙そうというか、複雑な顔で彼が言う。

「……なるほど」

その光景が、あっさりと目に浮かぶようだった。

きっとプリマベラさんは、テンション高く姉バカ的なことを話していたのだろう……。

ちょっとくすぐったい。

「まあ、うん、ほら、プリマベラさんは、家族が大好きだから」

フォローするようにそう言う彼を見て、リエータさんも小さく頷いている。

「この街随一の冒険者で、目立つしね」

僕もリエータさんにならって、小さくうなずく。

初めて会ったときにも思ったけれど、やはりプリマベラさんは、このあたりではオーバースペックな冒険者みたいだ。

「いろいろ助かってるよ。多くの冒険者は、やっぱり腕試しとか割の良さとかで、より厳しい土地に行きがちだからね」

危険なクエストは、その分報酬も多い。

戦闘力に自身があれば、弱い敵をちまちまと狩るよりも、大物を狩ったほうが結果的に収入はいいのだ。

もちろん強いモンスターには危険もあるけれど、そもそも危険を避けたいのなら冒険者なんて仕事は選ばないしね。

とはいえ、それ以外の地域にモンスターの危険がまるでないなんてことはもちろんないし、どんな土地にだって想定外の力を持ったモンスターが出ることはある。

そういうときに、オーバースペックな冒険者がいてくれるというのは、とても心強いものだ。

まあ、それを理由に横柄な態度を取る冒険者も中にはいるので、手放しに喜べるとも限らないのだけれど。

その点、プリマベラさんは身内を甘やかしすぎなところを除けば、やさしく頼りになるお姉さんなので、評判もとてもいいみたいだ。

その後も、道行く人、特に冒険者の人からは、彼女の弟だというだけで好意的に声をかけられることが何度かあった。

やはり戦士系の人はプリマベラさんを、魔法使い系の人はフスィノさんを尊敬している人が多いみたいだ。

「こうやってあらためて話を聞くと、やっぱりふたりともすごいんですね」

「そうね。……家にいるときは、あんまりそうは見えないけど……」

微笑みながら、リエータさんが言う。

確かに……。

強くて頼れる冒険者としてプリマベラさんを見ている人は、彼女が時折料理に挑戦しては、訳のわからない色の謎物質を作りつつ鍋を焦がし、自分で一口食べた途端、全部なかったことにする、という姿は想像できないだろう。

プリマベラさんが近郊でのクエストばかりしている理由は、主に家が好きで妹たちから離れたくないからだと思っているけれど、実は野営ができないから、というのもあるんじゃないかと僕は思っている。

その点、フスィノさんについては、実はやればできるタイプなのだが、本人にあまりやる気がなさそうだしね……。

ちなみに僕の料理は……まあ、食べられなくはない、という感じだ。

旅の途中、野営地で食べるなら許容範囲ではあるけれど、あまり好んで食べたいという感じではない。

リエータさんのおいしい料理になれてしまった今は、なおさらだ。

今日も様々な食材を買っていて、楽しみだった。

僕では使い方のわからない野菜やスパイスも多い。

僕がそれを抱えていると、リエータさんはちょっと不思議そうに僕を見た。

「ヴィンターって、意外と力あるわよね」

僕のほうが背が低いから、よけいにそう思うのだろう。

「これでも一応、元冒険者ですから」

厳密には違うし、出会ったときに武器を持っていなかったこともあって、あまり信じられてはいないみたいだけれど、そう言っておく。

「あ、そっちね」

リエータさんはペタペタと僕の背中に触る。

「むしろ、男の子なんだな、って感想だったんだけどね」

彼女は僕の身体を触りつつ、耳元に口を寄せて囁いた。

「ま、ヴィンターが男の子なのは、ベッドの上でよく知ってるけど」

「うぅ……」

からかうように言われて動揺してしまうと、リエータさんはいたずらっぽく笑うのだった。

※

晩ご飯の後、しばらくくつろいでから、僕はお風呂へと向かった。魔石を用いたアイテムのおかげでお湯が出せるので、こうして毎日気楽にお風呂に入ることができる。

こういったアイテムがないと、お湯を作って身体を拭くのにも結構用意が必要だし、お風呂に入れるのは、多くの人を雇える一部の大金持ちだけになってしまう。

旅の最中は野営が多く、お風呂に入れないことが続きそうな場合は川で水浴びをしていたから、こうしてのんびりお湯に浸かれるのはとても幸せなことだ。

そんなことを考えながら、かけ湯をして軽く身体を流す。

そのまま身体を洗おうとしていると、脱衣所に人の気配が現れた。

反射的に一瞬警戒するものの、何のことはない。プリマベラさんが脱衣所に来たみたいだ。

僕がお風呂に来たのを知っているはずだから、なにか用事があるのだろう。

僕は気配から意識を切って、石鹸を手にとる。

と、がらりとお風呂の戸が開いた。

「あっ、プリマベラさん――んっ！」

僕は目を向けながら声をかけて、一瞬でフリーズしてしまった。

プリマベラさんが丸裸で、お風呂に入ってきたからだ。

いや、お風呂だから裸なのは普通か……。

いきなりだったから、びっくりしてしまった。

じゃなくて、僕が入っているのにどうして、ってことだ。

「ヴィくん、ふふっ……びっくりしちゃってかわいい♪」

プリマベラさんは慌てる僕を見て笑みを浮かべた。

そうしながらもこちらに歩いてきていて、魅力的な腰が艶かしく動き、その爆乳も柔らかそうに揺れている。

魅惑のボディーにはどうしても目が吸い寄せられるけれど……このまま見ていると危険だ。

同じく裸である僕は、身体に起こる反応を隠しようもない。

「折角だから、お背中を流してあげようと思って♪」

そう言いながら、プリマベラさんは僕の後ろへと回った。

裸体が視界から外れたことで、少しだけ冷静になる。

いや、けれど全裸の彼女がすぐ後ろにいるのだと思うと、やはり落ち着かない。

振り向きたくなるような思いを押し殺しながら、僕はまっすぐに前を向いた。

「ふふっ、それじゃ、身体を洗っていくね」

そう言って、プリマベラさんは石鹸を泡立てて、その手で僕の肩に触れた。

彼女のしなやかで泡まみれな手が、僕の肩を丁寧に洗っていく。

自分の手より気持ちが良く、人にされているので少しくすぐったい。

「ヴィくんの肩、結構硬いの、やっぱり男の子だなぁって感じがするね」

プリマベラさんは鎖骨の辺りまで指を滑らせて、僕を泡まみれにしていく。

くすぐったさと気持ちよさで揺れていると、丁寧に肩を洗い終えたプリマベラさんの手が一度離れた。

そして背後で石鹸を泡立てる音がして……。

「えいっ」

ふにょんっ♪

突然、柔らかな感触が背中へと押し当てられる。

「あぅっ……」

その正体はすぐにわかった。

プリマベラさんのおっぱいだ。

「こうやって、んっ……おっぱいで洗ってあげるね」

「プリマベラさん、うぅ……」

彼女はそのまま、身体を上下へと動かしていった。

柔らかな爆乳がむにゅむにゅすべすべと、僕の背中を滑っていく。

「ん、しょっ……あふ、これ、んっ……ぬるぬるして、私のほうも気持ちよくなってきちゃう……ん、あふっ♥」

「プリマベラさん……」

おっぱいを押し当てられているだけでも気持ちよくて変な気分になってしまうのに、後ろで艶《なま》めかしい声をあげられると、もうダメだ。

僕は完全に、意識がえっちなほうへと向いてしまっていた。

「えいっ、ん、しょっ……」

そんな僕の状態を知ってか知らずか、プリマベラさんは洗うというよりも、ぐいぐいとおっぱいを僕に押しつけて刺激してくる。

「あふっ、ん、あぁ……♥」

艶めかしい吐息も僕の耳や背中をくすぐり、興奮を煽ってくるのだった。

幸いと言うべきか、後ろにいるプリマベラさんからは僕の股間の状態が見えないはずなので、なんとか落ち着こうと精神統一を図ってみる。

けれど……。

「ん、あふっ……ヴィくんの背中、あっ、泡まみれになっちゃって、ん、滑りがいいのに背骨のところが引っかかって、んくっ♥」

「うぅ……」

僕のすぐ後ろで、プリマベラさんがえっちな声を出しはじめた。

彼女は純粋に洗って僕を気持ちよくしようとしているだけ……ではないことは、背中に当たる感触でわかっている。

柔らかな爆乳おっぱいの中に、しこりのような硬いものが擦れているのだ。

気持ちよさに乳首を立たせて、僕の背中に必死に擦りつけている。

「んはぁ、あっ、あぁ……ヴィくん♥　あ、んぁっ……！」

「あぅ……」

それはなんだかオナニーをのぞき見ているかのようで、僕は不思議な高揚感に包まれていくのだった。

「あっ♥　ん、ふぅ……」

彼女は十分に僕の背中を洗い終えると、後ろから抱きついてきた。

「んっ……」

石鹸でぬるぬるになっている柔らかなおっぱいが、むぎゅりと押しつけられて形を変える。

「ね、ヴィくん……」

そのまま耳元で囁くと、彼女はその手を僕の胸へと伸ばしてきた。

「ん、前も洗ってあげるね……」

そう言うと、石鹸まみれの手が僕の身体を撫でていく。

胸を洗うと次には、そのまま僕の乳首も撫るようにいじってきた。

「プリマベラさんっ……！」

むずがゆいような刺激に声を出すと、彼女はますます勢いづいて僕の乳首をいじり回してくる。

「あふっ♥　ん、あぁ……ヴィくんもこんなに乳首を立てて、んっ……」

僕の乳首をいじりながらも、背中に押しつけているおっぱいを動かして、自分の乳首も刺激しているようだった。

「ん、あぁ……どんどん下にいくね……？」

わざわざ意識させるように言ってから、彼女はその手を、僕の胸からお腹へと下ろしてきた。

「あっ♥　腹筋に力が入ってて、筋肉の形がわかるね」

「うぅ、プリマベラさん、そんなに、うっ……」

彼女は筋肉を指先でなぞり、淡く刺激してくる。

それ自体は普段ならどうということもないのだけれど、おっぱいや乳首責めで誘惑された後だと、なんだかすごく性的であるかのように感じてしまう。

「ん、ヴィくん……どう？　お姉ちゃんに洗われるの、気持ちいい？」

「……はい……」

ちょっと迷ったものの、僕は素直に頷く。

緩やかに身体を愛撫されているのは気持ちがいいし、背中にあたるおっぱいの柔らかさも、やはり気持ちよかった。

「そうなんだ♥」

プリマベラさんは嬉しそうに言うと、お腹を撫でていた手を動かしていく。

「あぅっ、ん……」

彼女の手はきわどいところで太股へと流れて、肝心なところには触れないまま内股を優しく撫で始めた。

「ヴィくん、今ぴくってしたね」

彼女は焦らすように鼠径部《そけいぶ》を撫でながら、僕にささやく。

「このまま足のほうを洗っていく？　それとも、他に洗ってほしい場所があるかな……？」

「うぅ……」

焦らすような彼女の問い掛けすら、気持ちよさを湧き上がらせてくる。

おねだりすべきか逡巡していると、その刺激はいきなり来た。

「あんっ♥　ヴィくんが可愛くて我慢できない。えいっ♪」

「あうっ！」

プリマベラさんは泡だらけの手で、ぎゅっと肉棒を握ってきた。

これまでさんざん焦らされていたところにくる、直接的な刺激。

快感が肉竿から腰へと突き抜け、僕は声を漏らしてしまう。

「あぁ、ヴィくん……♥」

その反応はプリマベラさんを興奮させたのか、彼女はしっかりと掴んだ肉棒を、最初からハイペースでしごき始めた。

「あぁっ、プリマベラさん……！」

いきなり大きくなった刺激で、僕はすぐに追い詰められてしまう。

焦らしからの激しい手コキで、すぐにでも出してしまいそうだった。

石鹸のぬるぬるのおかげで、やや乱暴なくらいの手つきがむしろ気持ちいい。

「ヴィくんのおちんちん、ガッチガチで期待してたんだね……♥　お姉ちゃんに身体を洗われて、こんなにしちゃったんだ？」

「プリマベラさんの洗い方が、えっちだから……」

「そうなの？　お姉ちゃんのおっぱいやお手々で洗われるの、そんなにえっちだった？」

もちろんだ。僕は小さく頷いた。

その間も肉棒はしごかれ続けている。

プリマベラさんはおっぱいを押しつけながら、手コキを続けているのだった。

「お姉ちゃんに身体を洗われて、えっちな気分になっちゃうんだ？　おっぱいをむにって当てられて感じちゃう？」

彼女は耳元で僕に囁いて、さらに追い詰めてくる。

その声は甘美で、僕は抵抗なんてできない。

「おちんちん泡まみれになって、すっごいぬるぬる♪　いつもよりも早く手を動かせちゃう……♥　ほら、しゅっしゅっ♪」

「あ、あぁっ……プリマベラさん、僕っ……！」

泡まみれの手で激しくしごかれ、射精感がこみ上げてくる。

「あっ、あぁ……」

「いいよ♪　そのままイっちゃって。泡まみれでぬるぬるのおちんちんから、ぴゅっぴゅって出しちゃって♥」

「プリマベラさん、う、うぅっ……！」

「ほらほら♥　出しちゃえ♪　お姉ちゃんのお手々にしごかれて、おちんちん、せーえきいっぱい発射しちゃえ♥　しこしこー♥」

「出ちゃうっ、あっ、あああっ！」

根元から先端まで、絞り出すかのように擦られて僕は射精した。

「あっ♥　せーえき、びゅびゅって飛んでる♥」

彼女は後ろからのぞき込んで、楽しそうに言った。

焦らされてからの激しい手コキということもあって勢いよく飛び出している射精を見られるのは、恥ずかしい。

「あぁ……いっぱい出せたね……。でも……」

「あう、今は、んっ……」

プリマベラさんは僕の肉竿をまた軽くしごいてきた。

射精直後の敏感なときに、亀頭をしごかれて思わず声を漏らしてしまう。

「あ、ごめんね？　でも、おちんちんはまだ出したりないって感じがしたから……ほら、こんなに硬いままだし」

「あ、あぅ……」

プリマベラさんは硬さを確かめるように肉棒を握って、僕を見つめてくる。

「ね、ヴィくん、どうする？」

彼女は指先で裏筋を撫で、上目遣いで尋ねてきた。

「おちんちん、そっとしておいたほうがいい？　それとも……お姉ちゃんの中で、もっともっと気持ちよくなりたい？」

プリマベラさんは答えを誘導するように、肉竿を刺激してくる。

このまま終わらせるなんてむりだよね？　と言っているかのように、僕を見ながら肉棒をしごいていた。

「もっと、気持ちよくなりたい、です……」

僕は彼女の思惑どおり、そう口にする。

その途端、プリマベラさんは妖艶で嬉しそうな笑みを浮かべた。

「そうなんだ♪　このまま、お姉ちゃんとしたいんだ♥」

「あぅっ……！」

彼女は楽しそうにしながら、勢いよく肉棒を擦ってくる。

「それじゃ、身体が冷えちゃわないように、お湯の中にいこっか？」

「はい……」

彼女は僕の肉竿を握ったままで、湯船へと誘導してきた。

たいした距離ではないけれど、肉棒を握られたまま移動するというのは、なんだか変な気分になってしまう。

僕はそのまま、プリマベラさんにつれられて湯船へと入った。

そこで彼女は手を離すと、僕の上に跨がろうと一度身を起こした。

立ち上がった彼女の花園が、僕の顔の高さにくる。

お湯のせいもあって、プリマベラさんが濡れているのかはわからない。

けれど、そこから放たれているメスのフェロモンがはっきりと、僕を求めてくれているのを伝えてくる。

「あふっ……ヴィくん……」

プリマベラさんはそのまま、僕の上へと腰を下ろしてきた。

「ん、あふっ……♥」

彼女はお湯の中で、肉棒を自らの割れ目と導いていく。

「あ、あぅ……」

そして肉竿は、お湯よりも熱くうねった膣内へと迎え入れられていった。

「んはぁっ♥　あ、あぁぁ……」

膣襞に包み込まれて気持ちよさを感じていると、プリマベラさんのおっぱいがすぐ正面で水面から浮かんでいる。

「んっ……」

「あんっ♥　ヴィくん、んぅっ……」

僕はそのおっぱいに手を伸ばして、たゆんたゆんのそこを両手で揉み始める。

先ほど、僕の背中に当たってアピールしてきていた双丘。

そこを思うぞんぶんに揉んでいき、感触を楽しんでいった。

「あっ、ん、あふっ……♥」

プリマベラさんは艶めかしい声をあげながら僕の身体へと手を回して、ゆっくりと身体を動かし始めた。

「んはぁっ♥　あっ、んっ……」

膣襞が絡みつき、ゆっくりと抽送を行っていく。

お湯の中で対面座位で繋がって、プリマベラさんが腰を振っていった。

「あ、んぁっ♥ ヴィくん……私、ん、もう我慢できない……。挿れたばかりだけど……いっぱい動くね？」

「あぁっ、プリマベラさんっ……！」

そう宣言した瞬間、彼女は腰の動きを激しくしていった。

僕の身体をおっぱいで洗いながら、そしてからかうように手コキをしながら、プリマベラさんはすごく興奮していたようだ。

その昂ぶりを示すかのように大きく腰が振られていき、僕の肉棒が、うねるその膣襞に擦り上げられる。

「う、あぁっ……」

「ヴィくん♥ あっ、んぅっ……！」

その快感に、思わずおっぱいから手を離してしまう。

激しい腰振りによって上下に動く爆乳は、水面をぱしゃぱしゃと叩きながら大きく弾んで僕の目を楽しませた。

エッチなバウンドおっぱいに、半ば無意識に引き寄せられていると、僕の身体を支えにしていた彼女が、そのままぐいっと引き寄せてきた。

「うぐっ……」

僕の顔は、またプリマベラさんのおっぱいに埋もれてしまう。

爆乳に挟み込まれると、柔らかさと石鹸の匂いに包まれる。

先ほどしっかりと泡立てた上で、塗り込むように僕の背中に押し当てていたためか、今は彼女自身の甘やかな匂いよりも石鹸の爽やかさが勝っていた。

いつもとは違うその匂いのせいか、安心感よりも興奮が膨らんでいった。

「あっあっ♥　ん、あ、ふぅっ……ヴィくん……あ、んはぁっ！　おちんちんが奥まで、あっ、んはっ！」

プリマベラさんは嬌声をあげながら、腰を振っていく。

「あふっ、お湯の中だから、んっ、身体が弾みやすくて……♥　あ、んはぁぁっ！　いつもより、んぅっ、大きく動いちゃうっ♥」

ぬぷりっ、と深く腰を動かしながら、プリマベラさんは僕を強く抱き締める。

「んぅっ♥　あ、あああっ！」

そうすると彼女のおっぱいは、むぎゅっと潰れながら僕の顔を圧迫してきた。

その刺激は、そのまま彼女の爆乳にも伝わっている。

「あふっ、ん、あぁっ……！」

肉棒と顔を膣道とおっぱいに挟み込まれたまま、僕はプリマベラさんに高められていく。

僕はそっと、彼女のお尻へと手をまわす。

そしてそのむちっとしたお尻を、がっしりと掴んだ。

「あんっ♥　ヴィくん、それ、んくぅっ！」

そしてそのまま、彼女へと腰を突き上げた。

予想外のタイミングで奥を突かれたプリマベラさんは、一際大きな嬌声をあげた。

「あっ♥　んぁ、ヴィくん、いきなりそんな、んぁっ！」

僕は彼女のお尻を掴んで、下から腰をずんずん突き上げていく。

「あっあっ♥　ダメぇっ！　いま、いま突かれたら、んぁ、ああっ！」

プリマベラさんは喘ぎ声をあげながら、さらにぎゅっと僕にしがみついてくる。

そのおかげで、僕のほうも動きやすい。

「んはっ♥　あっ、あぁっ……！」

下から容赦なく突き上げて、その膣内を犯していく。

じゃぶじゃぶとお湯が波打ち、水音を立てる。

その音が腰振りの激しさを伝えてくるようで、興奮を膨らませていった。

「んはぁっ♥　あっあっ♥　ヴィくん、それっっ、あっあぁっ……！　私、んぁ、もうだめぇっ！

あっ、んぁっ……♥」

プリマベラさんは快楽に突き上げられながら、僕に抱きついてくる。

その期待に応えるかのように、僕は膣襞を擦り上げ、奥を亀頭でつつき続けた。

「んくぅっ♥　んぁ、あああっ！　ダメ、もうっ、あっ♥　イクッ、イクイクッ！　イックウウウ
ウウッ！」

プリマベラさんは絶頂し、僕に思い切りしがみついてくる。

それと同時に膣襞も収縮し、肉棒から精液を絞り上げようと蠢く。

「ああっ、出るっ！」

その絶頂締めつけには耐えきれずに、僕も彼女の中で思い切り射精した。

「んぁっ、あぁぁっ♥」

絶頂中のおまんこに中出しを受けて、プリマベラさんが嬌声をあげる。

僕はその腰をぐっと引き寄せ、彼女の奥へとしっかり精液を放っていった。

「んはっ♥　あぁっ……♥　ヴィくんのせーえき、んっ♥　私の奥に、あふっ……当たってるのがわかるのぉ……♥」

彼女はうっとりと呟いて、そのままもたれかかってくる。

僕は長い射精を終えると、ゆっくりと彼女の身体を持ち上げていった。

「んぁっ♥　あぁ……」

秘穴から出るときにも亀頭が膣襞に擦れ、プリマベラさんが色っぽい声を漏らした。

「う、あぁ……」

二度射精したこともあり、僕はそのまま湯船の中で脱力した。

お湯のぽかぽかと、艶めかしく熱い彼女の身体。

その二つに包まれて、気持ちよさに息を吐く。

「ヴィくん……ちゅっ♥」

そんな僕を癒やすように、プリマベラさんはほっぺに軽くキスをしてきた。

そして僕たちはそのまま、しっかりと温まってからお風呂をあがるのだった。

※

穏やかに続いていく生活はとても心地よく楽しい反面、なんだか夢のようで、時折不思議な気分になる。

という話を、リエータさんにした。

「そうなの?」

彼女はベッドの上、僕の隣に腰掛けながら、首を傾げた。

「まあ、でもちょっとわかるかな。あたしも最初は、不思議な感じだったし」

プリマベラさんたちは、生まれながらの姉妹ではない。

物心ついた頃からいっしょ、というわけではないのだ。

覚えている始まりがあって、そこから続く今がある。

今の僕と同じように、リエータさんたちにも、最初の頃があったのだ。

「今はもう関係ないけど、最初は血もつながってないし、妹って言われてもって感じよね」

フスィノさんや僕の場合、もう姉妹だったところに入ってくるかたちだったので、そういうものかなって感じだけれど、確かにリエータさんは前例がない中で妹になっているのだ。

「まあ、それも昔の話だけれどね」

今ではすっかり姉妹として暮らしている彼女は、そう言って笑みを浮かべた。

「お姉ちゃんは昔から、妹にはだだ甘だったしね」

「なるほど」

普段はいつもリエータさんが、暴走するプリマベラさんを押さえている。

だけど、その甘やかしは今でも、リエータさんにも向いている。

当初こそ、新しく来た僕が馴染めるようにと集中的に甘やかされていた。

今だって僕に偏りがちではあるけれど、プリマベラさんは基本的には、リエータさんやフスィノさんのこともだだ甘やかしする傾向にあるみたいだ。

フスィノさんが僕を甘やかすのは、妹や弟は甘やかすもの……という、プリマベラさんからの刷り込みによるところが大きかったみたいだしね。

そのフスィノさんとは前に、ここに来たときのことをぼんやりと話したし、ある程度境遇が近かったのを知っている。

じゃあ、リエータさんはどうなのだろう……？

それはもしかしたら、話せないようなことなのだろうか。

まだぎこちなかったころのふたりは、どんなだったんだろう。

「ん？」

そんなふうに思いながら眺めると、僕の好奇心に気づいたのか、彼女は小さく首を傾げた。

そして、いたずらっぽく微笑む。

「知りたい？　でもい、ないしょ♪」

そしてごまかすように、僕をベッドへと押し倒してきた。

「っていうか、面白い話でもないしね。大事なのは今でしょ？」

彼女は、仰向けに押し倒した僕に覆いかぶさり、そのまま見下ろしてくる。

ツインテールが下へと垂れ、僕の身体をくすぐった。

「あたしたちには、居場所はなかったけど……」

そう言って、彼女はぐるりと部屋を見回す。

そこにあるのは、いつもと変わらない部屋であり、家だ。

「今は帰ってくる場所があって、家族がいる」

そう言って僕にキスをしてきた。

「そこにいてくれるだけで嬉しいし……」

リエータさんは至近距離で僕を覗き込む。

「ヴィンターにどんな過去があってもいいんだよ」

そう言って、再びキスをしてきた。

その柔らかな唇を感じながら、やっぱりかなわないなぁ、と思う。

結局、甘やかされている感じがした。

それでもいいか、と今の僕は思えるようになっていて。

そのまま彼女の唇を受け入れると、舌が侵入してくる。

「んっ……ちゅっ……れろっ♥」

なめらかに動く彼女の舌が、僕の舌をからめとって擦ってくる。

そのくすぐったいような刺激に蕩かされて、下半身に血液が集まってくるのを感じた。

「ちゅっ……♥　んっ♥　ふふっ……ヴィンターのここ、膨らんできてるね」

「あぁ……」

彼女は手を下に伸ばすと、ズボン越しにその膨らんだ股間を刺激してきた。

きゅっとつかみ、ズボン越しに軽く擦り上げてくる。

その刺激でますます興奮が高まり、もうズボンの中で完全に膨らんでしまった。

「こんなに大きくして……苦しそう」

「あうっ……」

彼女はそのまま、身体を下へと移動させていく。

その途中、大きなおっぱいで僕の身体を擦っていった。

むにゅんっと柔らかく押し当てられるおっぱいが、僕の胸、お腹、そして股間を刺激しながら通り過ぎていく。

「うぅ……」

その刺激に思わず声を漏らすと、リエータさんは笑みを浮かべながら、僕のズボンへと手をかけてきた。

股の間にしゃがみこんで、上目遣いに僕を見つめてくる。

「さ、脱がしちゃうわよー、えいっ」

リエータさんが、下着ごと僕のズボンを引き下ろした。

「あっ♥」

跳ね上がるように出てきた元気な肉棒に、彼女の視線が吸い寄せられているのがわかった。

初めてではないとはいえ、そうして熱心に見つめられると、恥ずかしい。

「んっ♥　もうこんなに固くして……男らしいおちんちん……」

リエータさんはそう言いながら、肉棒を優しく握ってくる。

「こんなに興奮してたら、先にいっぱい出しちゃったほうがいいよね？」

「うっ……」

肉竿を握り、軽くしごきながら、上目遣いで尋ねてくる彼女。

この状態で、そんなことないと言えるはずもなく、僕は小さくうめいた。

「ふふっ♥　いいんだよ。男の子はあまり連続でできないっていうけど……」

彼女は肉竿をしごきながら、妖しい笑みを浮かべる。

「ヴィンターはすっごく元気で、何回もイけるものね？　れろっ」

「あ、あぁ……！」

彼女の舌が軽く僕の肉棒を舐めた。

ちろりと舐め上げられただけだったけれど、その温かさと気持ちよさに、僕はまた声を漏らしてしまった。

先程までキスをしていた、というのも大きいかもしれない。

彼女の舌をよりリアルに感じられて、それが僕の興奮を高めてくる。

「おちんちん、舐められてぴくんってしたね。れろっ……」

「うぁ、リエータさんっ……」

彼女は僕の反応を見ながら、またちろちろと舌を這わせてきた。

片手で竿を軽くしごきながら、舌で肉棒の先端を刺激してくる。

「んっ……ちろっ……れろっ……♥」

舌先で裏側や先端を舐められているのもたまらないし、さり気なく幹をしごいてくるのも気持ちよかった。

それに加えて、僕の肉棒を舐めるリエータさんの表情が、どんどんえっちになっているのもずるい。

「れろっ、ちろっ……ふふっ♥」

くすぐるように亀頭を舌先で愛撫され、肉竿をしごかれていく。

気持ち良いことに違いはないのだが、どちらもやや控えめというか、気持ちが高まっていくにつれて、物足りなさを感じ始めていた。

「んっ♥　ふぅっ……れろっ……」

手の動きはかなり緩やかで、僕を焦らしているかのようだった。

「リエータさんっ……」

「ん？　れろっ……ちろろっ……どうしたの？　ちゅっ♥」

「あっ……」

先端にちょんっとキスされると、くすぐったいような気持ちいいような刺激がはしる。

快感で、腰を引きたいような気持ちと、反対に押し込んでもっと刺激してほしい気持ちが入り混じった。僕が逡巡していると、リエータさんが何かに気づいたような表情になる。

彼女は僕を見つめながら、服を脱ぎ始めた。

たわわな胸が揺れながら現れ、僕の目を惹く。

さらに彼女は、僕に見せつけるように立ち上がり、ショーツに手を掛けて脱いでいった。

するすると降りる下着の向こうで、彼女の花園はもう湿り気を帯びていた。

焦らすようなフェラをしながら、リエータさんも感じていたんだ。

そう思うと、僕の欲望がさらに渦巻いていくのを感じた。

そんな僕の視線を受けて、裸になった彼女は再び足の間へかがみ込み、妖艶な笑みを浮かべながら尋ねてくる。

「もっと気持ちよくしてほしくなったの？　あーむっ♪」

彼女は口を開けると、くぽっと僕の亀頭を咥えこんだ。

「あうっ……！」

敏感な先端が温かな彼女の口内に包み込まれ、その唇が、でっぱったカリ裏に引っかかるように刺激してくる。

「んっ、ちゅっ……んむっ……ここ、引っかかるのが気持ちいいんだ？　こうやって……んぽっ、くぷっ……！」

「あ、それ……うぁ……」

ちゅぽちゅぽと往復して、僕の肉棒を愛撫してくる。

彼女の言うとおり、カリ裏を刺激されるのがとても気持ちよく、されるがままになってしまう。

それに、普段はきりっとした美人のリエータさんが、肉棒を咥えて口をすぼめているのも卑猥だった。

綺麗だからこそ、そのはしたない顔がとてもそそる。

「んぶっ……ん、ちゅっ……先っぽから、あふっ……お汁が出てきてるわよ？　ほら、ねとぉーって……ちろっ♥」

「うあぁっ……！」

彼女は大きく口を開けると、肉棒を一度出した。

我慢汁が出ている、と言っていたけれど、僕のそこはリエータさんの唾液でテカテカになっており、わからない。

そんなふうに思ったのが伝わったのか……彼女は舌先を伸ばすと、僕の鈴口をひと舐めして、そのまま我慢汁に糸を引かせた。

「うぅ……」

先端を舐められた気持ち良さももちろんあるけれど、そうやって美人が僕の我慢汁を舌で弄んでいるというのがたぎらせてくる。

「ヴィンターの顔、すっごくセクシーになってるよ？　男の子って感じがする……♥　んっ、ここも、すっごい男らしいしね。ちゅっ♥」

リエータさんが再び僕の肉棒にキスをする。

その姿を見ていて、僕ももう我慢できなくなってしまった。

「リエータさんっ」

「あ、きゃっ♥」

思わず彼女に襲いかかり、そのままベッドへと押し倒した。今度は僕が彼女に跨《また》がるかたちだ。

「あっ……♥」

僕を見上げて、彼女が頬を染める。

何も言わないけれど、その顔はしっかりと期待に満ちていた。

僕はまず、仰向けになったことで揺れている大きなおっぱいへと手を伸ばした。

「あんっ♥」

むにゅんっと、柔らかなおっぱいを両手で揉むと、リエータさんは色っぽく声をあげて僕を誘ってきた。

「んっ、あっ、ふぅっ……♥」

むにゅむにゅとその感触を楽しみながら、彼女の胸を揉んでいく。

いつまでも触っていたいほどの柔らかさだ。

「あんっ、ん、あふっ……」

リエータさんは軽く身体を揺すり、そのおっぱいがアピールするかのように揺れる。

僕はその双丘の頂点で、触ってほしがっている蕾をつまんだ。

「んはぁっ♥」

乳首への刺激に、リエータさんは敏感に反応する。

くりくりといじり回すと、彼女は気持ち良さそうな声をあげた。

「んはっ、あ、あぁ……♥　ヴィンター、あふっ、それ、んぅっ……。乳首、ころころするのぉっ……あぁ♥」

「嫌ですか？」

きゅっと強めに摘まみ、そのままコリコリの乳首をいじり回していく。

「んぁっ♥　あっ♥　ダメじゃ、ないけど、あふっ……」

彼女は潤んだ瞳で僕を見上げる。その顔はだんだんと蕩けていき、とてもかわいらしい。

「ね、ヴィンター……」

「うっ……」

おねだりするように見上げられると、僕の胸がきゅんとした。

あまりにかわいくて、えっちで……。

「ね、そろそろ……」

そう言って、リエータさんははしたなくも足を開いていく。

「あぅ……」

開帳した彼女のそこはもう十分に濡れていて、薄く口を開いていた。

花弁はいやらしく濡れ光って、その内側を晒している。

膣襞が小さく蠢き、僕を待っているのがわかると、モノもそれに反応してしまう。

「いきますよ……」

「うん、きてっ……」

僕は誘われるまま、その入り口へと肉棒をあてがう。

「あんっ♥」

くちゅり、と水音がして、亀頭が彼女の花弁をぐいぐいと広げていく。

「あっ♥　ん、あぁ……♥　ヴィンターのおちんちん、入ってきてるっ……」

僕はそのまま、腰を進めていった。

ぬぷっ、ぬぷぷぷっ。

「あっ♥　ん、熱いの、ずぶずぶって……♥」

肉棒はどんどん膣内に飲み込まれていく。

熱くぬめった膣襞が肉竿を歓迎するように絡みついてきた。僕はそのまま腰を振り始める。

「んっ、あっ♥　ヴィンター、いいっ、ん、あふっ」

愛液とともに膣襞が擦れ、快感を膨らませていった。

「んぁ、あ♥　大きいの、あたしの中で、んぅっ♥」

彼女は嬌声をあげて、突かれるまま身体を揺らす。

するとそのおっぱいも柔らかく揺れて、僕の目を楽しませていた。

「ね、ヴィンター♥」

リエータさんは色っぽい表情で僕を見上げてくる。

「うっ……」

もっと、とおねだりするようなその顔に誘われて、さらに腰を打ちつけていく。

「あんっ♥　あっ、すごっ、んぅっ！　いつもよりずっと、力強くて、んぁっ……ああっ♥　男の子、だね♥」

リエータさんは僕の頬を軽く撫でてくる。細い指が、少しくすぐったい。

「あぁ♥　ん、あふっ……」

蠢動する膣襞に包まれ、気持ちよさが溢れてきた。

「ん、あふっ♥　ふぁ、あぁっ！」

彼女が嬌声をあげて、僕の身体に腕を回してくる。

それと同じように絡みついてくる膣襞を、肉棒で擦っていった。

「あっ♥　ん、あぁっ♥　ヴィンター、あたし、あ、んはぁぁっ♥」

「う、あぁ……僕も、そろそろっ……」

「ん、くぅぅっ！」

射精感の高まってきた僕は、その滾る欲望のままピストンを速めていった。

「んぁっ♥　あっあっ♥　しゅごっ……あぁっ！　おちんちん、ズンズン、って、あぁ、奥まできてるぅっ……♥」

　組み敷いた彼女に腰を打ちつけ、その膣内を犯していく。

「あふっ、ヴィンターのおちんぽ、あたしの中で、もっと太くなって、んぁ♥、あっ、あぁぁっ！」

　負けじと膣襞も蠕動し、肉棒を責めたててくる。

「あくっ、あぁっ……」

「ンハァ♥　あっ♥　あたしの中で、出してぇっ！　ヴィンターの、んぁ、あぁ……どろっどろの子種汁っ……♥」

「リエータさん、あ、あぁっ……」

　膣洞がきゅっと締まり、肉棒から精液を搾り取ろうとしてくる。

　オスの遺伝子を貪欲に求める、メスの動きだ。

「あ、あぁぁっ……！」

「んひぃっ♥　あ、あひゅっ……！　ヴィンターが♥　あぁ、いっぱい腰振って、おちんちん、あたしのおまんこにズブズブしてるぅっ♥」

　いつものしっかりとした様子とは違う、蕩けきった女の顔をしているリエータさん。

　その表情にふさわしく、おまんこも肉棒を絞り上げて、ヒクついている。

「んはぁぁっ♥　あっあっ♥　だめっ、イクッ！　んはぁ、あ、あひゅっ……！　もう、んぁ。あっ、あぁぁぁっ！」

「リエータさん、あぐっ、あ、うっ！」

あまりにえっちなリエータさんに迫られ、僕は限界をむかえる。

精液が駆け上ってくるのを感じながら、腰をいちばん奥へと突き出し、肉棒を深く差し込んだ。

「んはぁぁっ♥　あぁぁっ！　イっちゃう♥　んぁっ、あっあっ♥　イク、あふっ、あ♥　イックウゥウウウッ！」

びゅくん、びゅくっ、びゅるるるるるっ！

「んはぁぁぁっ♥」

彼女の絶頂と同時に、僕も射精した。ため込んだ精液を、勢いよく発射していく。

「んはぁっ♥　しゅごっ、ヴィンターの……あぁ♥　熱くてどろどろのせーえき……♥　あたしの中に、きてるぅ……」

「う、あぁ……リエータさんっ……！」

彼女の中にしっかりと中出しをしながら、僕は気持ち良さにぼんやりと呟く。

「んぁ、あぁ……♥　すごい、こんなの出されちゃったら、あたし……♥」

「あぅ……」

射精した後も、彼女の膣襞はしっかりと僕の肉棒を咥えこんで刺激してくる。

精液を出し切った僕は、そのまま腰を引こうとして……。

「だーめ。もうしばらくこのまま、ね？」

リエータさんに止められてしまった。

「でも、うっ……」

力を失いつつある肉棒だけれど、このままくっついていたら、またしたくなってしまう。

「大きくなったら、何回してもいいんだから♥」

「う……はい……」

リエータさんの誘惑に乗って、僕は彼女の中に入れたまま頷く。

「んっ♥　いいこ……」

「あぅ……」

彼女はそのまま僕を抱き締めると、おっぱいを押しつけながら撫でてきた。

安心感と興奮が入り交じる。

今は安心感のほうが強いけれど、それも射精の余韻が終わるまでだろう。

「ふふっ♥　こっちのあたまも、よしよしって、してあげるからね……♥」

「あ、あぅっ……」

彼女がおそらくは意識して、きゅっと膣内を締めてくる。

そんなことをされると、またむくむくと欲望が膨らんできてしまうわけで……。

結局は誘われるままに、僕たちはもう一度交わるのだった。

第五章　元勇者な弟

自分の部屋が用意されてからも、結局お姉ちゃんたちと交代で寝る生活は続いていた。

単純に弟として甘やかしを受ける昼間とは違い、夜のほうはすっかり、えっちな意味合いになっている。

いや、それは最初からかな……。

ともあれ、僕としても、綺麗なお姉ちゃんたちに囲まれてスキンシップをとられていると意識してしまうので、えっちな展開は歓迎するところだ。

基本的にはひとりずつなのだけれど、たまにそうじゃないときがある。

今日もそういう日みたいで、プリマベラさんとリエータさんが揃って僕の部屋を訪れてきたのだった。

「ほらヴィくん、こっち」

すでに裸になっているふたりが、僕を誘う。

プリマベラさんがベッドから僕を手招きした。

その動きに合わせて、彼女の爆乳がたぷんっと揺れた。

「されたいこととかある？」

その横でリエータさんが首を傾げた。

ツインテールの房が絶妙に乳首の辺りを隠していて、なんだか直接全部見えているよりもえっちだった。そんな彼女たちに誘われるまま、僕もベッドへと向かう。

「ぎゅーっ♥」

「あぅ……」

すかさずプリマベラさんに抱き締められて、そのままベッドへと連れ込まれる。

むぎゅっと柔らかなおっぱいに視界を塞がれて、僕はされるがままだ。

「相変わらずね。ベッドでもそうなんだ」

リエータさんが呆れ半分、微笑ましさ半分で呟くのが聞こえる。

「そうだよー」

プリマベラさんが楽しそうに答えながら、ぎゅうぎゅうと僕を抱き締めてくる。

おっぱいに包み込まれるのも定番になっていて、今では上手いこと酸素の確保もできるようになったけれど、その柔らかさと甘い匂いにはまるで慣れずとろかされてしまうのだった。

「うぅ……」

裸だからわかりやすいのかもしれないけれど、普段、純粋な甘やかしで抱き締められるときよりも、こうしてえっちに抱き締められているときのほうが、彼女の心音が速い。

それがまた、僕にシチュエーションの違いを意識させて、ドキドキさせてくるのだった。

「ほら、リエータちゃんも」

「はいはい」

しぶしぶ、みたいな声を作るリエータさんだけど、その声の中に楽しそうなものが混じっているのがわかる。

反応は微妙に素直じゃないけれど、行動はとても素直で、彼女はそのまま僕たちに抱きついてきた。

「あふっ」

「あんっ♥　リエータちゃんもぎゅー♥」

そしてプリマベラさんも、リエータさんごと抱き締めてくる。

「うぎゅっ……」

僕はふたりのお姉ちゃん、そのおっぱいに挟まれて、包み込まれてしまう。

むぎゅむぎゅと柔らかな乳房を押しつけられて、しあわせに圧迫されていく。

「よしよし……」

僕らを抱き締めたまま、プリマベラさんが撫でるように手を動かす。

それはとても心地よく安心感が湧き上がる……。

と同時に、やっぱり裸で抱き締められているし、その魅惑の果実がむぎゅっと触れているので、男としての反応もしてしまうわけで。

「ヴィンター、なんかあたしの身体にぐいぐい当たりはじめてるんだけど……ほら、これがつんつんって」

「あぅっ……」

膨らみ始めた肉竿を、リエータさんが掴んできた。

「あっ♥　あたしの手の中で、どんどん大きくなってきてる♪」

血が集まって勃起していく肉棒の反応を楽しむように、リエータさんがにぎにぎと手を動かして刺激してきた。

「あっ、うっ……」

「あはっ♪　おちんちん、ガチガチになった……♥」

しゅっしゅっと軽くしごかれて、僕は腰を引こうとする。

けれどふたりにしっかりと抱き締められているため、それはできなかった。

「ふふっ、どくどくって脈打って、熱くなってきてる」

「そうなの？　あ、本当だ♪」

「うぅっ……」

プリマベラさんの手も伸びてきて、僕の肉竿を掴んだ。

ふたりの手に握られて、快感が生まれる。

「にぎにぎっ。おちんちん、しっかり勃起できてるね♪」

「どう？　お姉ちゃんふたりにぎゅーってくっつかれて、おっぱいがあたって、おちんちん握られてるの、気持ちいい？」

「う、うん……」

僕に状況を意識させようとした問い掛けに、素直に頷いた。

だって実際、裸のふたりに抱きつかれ、その柔らかさと甘い匂いに包まれながら肉竿を刺激されるのは、とても気持ちがよかった。

性的な気持ちよさと安心感が湧き上がって、不思議な満たされ方をする。

「それじゃ、このまましてあげる」

そう言って、リエータさんがまず手を動かし始める。

「ん、このまま、お姉ちゃんたちの手で気持ちよくなっちゃおうね♪」

それに合わせて、プリマベラさんも手を動かし始めた。

「あぅっ……」

ふたりの手が、僕の肉棒をしごいてくる。

「ほらほら、おちんちん、ちんしこしこっ」

「ヴィくんのおちんちん、ガチガチになってる♥」

包み込むようにしっかりと握ってしごいてくるプリマベラさんの手と、優しくこすってくるリエータさんの手。ふたりからの愛撫は、絶妙なずれとなって快感を膨らませていった。

「どう？　もっと速くしてあげようか？」

「お姉ちゃんたちの手に包まれて、おちんちん喜んでるね」

「う、あぁ……」

ふたりは僕に声をかけながら、手コキを続けていく。

こちらを煽るように言ってしごいてくるリエータさんと、優しい声色のプリマベラさん。

けれど、手コキ自体の激しさは口調とは逆で、それもまたギャップとなって僕を興奮させていくのだった。

「あぁ、ふたりとも、んっ」

「こうやってぎゅーって身体をよせて……んっ♥」

「それじゃあたしも、ぎゅー♪」

「あふっ……」

ふたりはさらに身体を密着させ、僕の身体に絡みついてくる。

しなやかな足が僕をホールドして、柔肌がしっとりと包み込んできた。

それに、やはり密着するおっぱいの圧迫感も強くなり、柔らかなその感触にも意識を持っていかれる。もちろん、ふたりは手コキを続けており、直接的な快感も送り込まれてきている。

「あ、うぅっ……」

「ふふっ、ヴィくん、気持ちよさそうな声が出てる♥」

「それに、おちんぽの先っぽから我慢汁も出てきてるよ、ほら」

「うぁっ！」

リエータさんの指が、僕の鈴口をとんとんと軽くノックしてくる。

それはじれったいような気持ちよさで、それと同時に、プリマベラさんがちょっと力強く根元のほうをしごき上げてきた。

「どう？　我慢汁、もっと出てきた？」

「うん、えっちなお汁、どんどん溢れてきてるよ」

根元から絞るようなプリマベラさんの手コキで刺激された肉竿が、欲望を吐き出したい、とヒクついてきた。

「ヴィンターの我慢汁で、にちゃにちゃっていやらしい音がしちゃってる♥」

リエータさんは、それを僕にも聞かせるように、わざとくちゅくちゅ音を立てて肉棒の先端を責めてきた。

「あぁっ……リエータさん、それっ……」

「先っぽぬるぬる擦られるの、気持ちいいんだ？」

「う、うんっ……あぁっ」

僕が頷くと、リエータさんは更にちゅぷちゅぷと先端を責めてくる。

「こっちはどうかな……えいっ」

「あふっ」

プリマベラさんは、根元からさらに下、陰嚢へと手を伸ばしてきた。

「ヴィくんのタマタマ……わっ、ずっしりといっぱい精液をため込んでるね。ほら、たぷたぷ揺らしてあげる」

「あぅ、プリマベラさんっ……」

彼女は陰嚢を持ち上げるように揺らし、そのまま優しく揉み始めた。

「今日はいっぱい搾り取っちゃうからねー。タマタマも、頑張っていっぱい精子作って。ほら、いいこいいこ」

「あっ、それ、んっ……」

プリマベラさんの指先が、睾丸をほぐすように揉んでくる。

肉竿をいじられるのとは違う種類の快感が送り込まれてきた。

「精液の詰まったとこを刺激したら、いつもよりいっぱい出るのかしら？」

リエータさんは疑問を口にしながらも、亀頭を中心に責めてくる。

「そうなのかしら？」

ふにふにと陰嚢を刺激しながら、プリマベラさんも尋ねてくる。

「わ、わからないです……」

肉竿とは違い、普段刺激しないところなので聞かれても困る。

「そうなんだ。じゃあ、試してみよっか♪」

「あうっ」

「タマタマころころー」

プリマベラさんが手を速めて、睾丸を刺激してきた。

彼女の手に包まれて活性化したのか、そこはいつも以上のペースで子種を作り出しているような気がする。そして単純に、ふたりからの愛撫を受けて射精感も膨らんでくる。

「あ、あふっ……」

「もうイきそう？　それじゃこっちももっと刺激してあげる」

「あうっ、あぁっ……！」

リエータさんは肉棒をしごきながらも、軽く手首を捻るようにして亀頭と裏筋をくりくりっと刺激してくれた。

上下運動と回転の刺激が合わさって、より大きな快感を生み出している。

「あっ♥　タマタマがきゅって上がってきてる♪　精液を送り出そうとしてるんだ♥　お姉ちゃんも手伝ってあげるね」

プリマベラさんは、射精準備をした睾丸をさらに刺激して、精液を押し出すようにぎゅっと持ち上げてきた。

「先っぽも膨らんで♪　いいよ、いっぱい出しちゃえ♪」

リエータさんが肉棒を力強くしごき、ぐいぐいと絞り上げてくる。

「あ、あああーっ！」

びゅるるるっ！　どびゅっ、びゅくんっ！

ふたりの手淫に導かれて、僕は勢いよく射精した。

「あはっ♥　すごっ、あぁ……おちんちん、すごい勢いでビクンビクンしてるっ♥」

「んぅっ♥　ヴィくんの精液が、いっぱい出てきてるね♥」

「あふっ……」

ふたりは楽しそうに、僕が射精するのを眺めていた。

熱心に見られながらということで、恥ずかしさが湧き上がってしまう。

「私たちの手で、いっぱい気持ちよくなってくれたんだね」

「いっぱい出せたね。よしよし」

「あっ、今は、うぅっ……」

敏感な亀頭を撫でられて、僕はなさけない声をあげた。

「ふふっ……ヴィくん、まだ大丈夫？」

プリマベラさんは僕の側へとかがみ込んで、優しく尋ねてくる。

「うん……」

僕が頷くと、彼女は笑顔を浮かべて、さらに顔を近づけてきた。

「それじゃ、次はふたりでリエータちゃんを気持ちよくさせてあげよっか？」

耳うちされて、僕は頷いた。

そしてゆっくりと身を起こす。

「もう元気になったの？　それじゃ、次はどうしたい？」

リエータさんが妖艶な笑みを浮かべながら尋ねてくるなか、視界の端で、プリマベラさんがこっそりと動いたのが見えた。

「ヴィンターは、あたしたちにどんなことされたい？　言ってごらん？　……あ、きゃっ♥　ちょ、ちょっと、お姉ちゃんっ!?」

「んふふー、次はリエータちゃんを気持ちよくしてあげる。さ、ヴィくん」

プリマベラさんは後ろからリエータさんの胸を掴み、そのまま揉み始めた。

「あっ、ちょっと、んっ……」

リエータさんのおっぱいが、プリマベラさんの手によって柔らかく形を変えていく。

細い指が乳房に食い込み、むにむにといじり回していた。

その光景はすごくえっちだ。

自分で触れていないから、その分、じっくりと見ることに集中できる。

「あ、もう、お姉ちゃん、んっ……」

「ふふっ、リエータちゃんもこんなに育って……それに、ずいぶんと敏感にされちゃってるみたいね♥」

「違っ、あ、んんっ……」

美人姉妹が絡んでいるのは、とてもいい。

僕はそんなふたりのやりとりに思わず注目してしまうのだった。

「ふふっ、ほら、ヴィくんがリエータちゃんの感じてるとこ見てるよ？」

「あっ、やっ、ん、くぅっ……♥」

目が合うと、リエータさんは恥ずかしそうに顔を赤くして、視線を逸らした。

その仕草がより僕を昂ぶらせる。

「やぁ。ん、あ、あぁっ！」

やはり見られるのは恥ずかしいのだろう。

している相手ならともかく、感じている姿を一方的に見られるわけだからね。

「それじゃ、僕も……」

「ん、あっ、ああっ！」

プリマベラさんがおっぱいをいじっているので、僕は下に向かうことにした。

リエータさんの足をぐいっと開く。

「やぁっ、だめ、あっ、んぁっ……♥」

彼女は抵抗し足を閉じようとしたものの、僕はちょっと力を入れて、そのまま大きく開かせてしまった。

しっとり潤った花園が、強引に足を広げられたことで花開いている。

「あ……や、んっ……♥」

はしたないほど赤裸々に晒されてしまったそこは、いやらしい蜜をこぼしていた。

「リエータちゃん、すごい格好……♥」

「そんなこと言わないで、ん、あふっ……」

プリマベラさんがおっぱいを揉みながら、リエータさんの耳元に囁いている。

それを見上げるのもいい光景だ。

ずっと見ていたい眺めだけれど、僕もちゃんと動くことにしよう。

「んぁ、あ、ああっ……！」

僕は、もう期待に濡れている膣口へと手を這わせる。

「んぁっ♥」

まずは陰唇を優しく、焦らすように撫でていく。

広げられてしまったことで見えている、ピンク色をした女の子の中には触れず、周りだけを愛撫していった。

「あっ♥　ん、あ、あぁ……」

彼女は気持ちよさそうな、どこか物足りなさそうな声を漏らす。

その声はとても艶めかしく、より大きな刺激を与えたくなるように、僕を誘っているかのようだった。

そんな反応に誘われるまま、僕はぷっくりと膨らんでいるクリトリスを優しく撫でる。

「んくぅっ♥　あ、んぁっ……！」

リエータさんは敏感に反応して、その身を震わせた。

「あ、あふっ……ん、あぁ……♥」

「リエータちゃん、すっごいえっちな反応しちゃってる……♪」

プリマベラさんは楽しそうに言って、リエータさんの様子を見ていた。

「ほら、おまんこヒクヒクッてして、入れてほしがってる……ね、ヴィくん」

「うん……」

艶めかしく誘ってくるその蜜壺を見ながら、僕は頷く。

「うっ……うぅっ、もうっ！」

僕たちに感じている姿を観察され、リエータさんは恥ずかしそうに声をあげると、プリマベラさんを振りほどいた。

「あらあら♪」

たいして抵抗せずにほどかれたプリマベラさんが、微笑ましげな声をあげる。

「そんなに、んっ……されたら、欲しくなっちゃうに決まってるでしょ」

そう言った彼女は、そのまま僕を押し倒してくる。

「うわっ……」

僕もほとんど抵抗せずに、素直にベッドへと仰向けになった。

そんな僕に跨《また》がりながら、リエータさんが言う。

「ヴィンターだって、おちんちんこんなに膨らませて……さっき出したばっかりなのに、すっごいガチガチじゃない♥」

「あぅっ……」

ぎゅっと肉棒を握られると、思わず声が出てしまう。彼女はそのまま僕へと跨がり、腰を下ろしてきた。

「んっ……ふぅ……♥」

リエータさんの膣口が、僕の肉竿に当たる。

十分に湿り、ヒクつくその女筒が、僕の肉棒を飲み込んでいった。

「あっ♥　ん、くぅっ……！」

気持ちよさそうな声をあげながら、騎乗位で僕を見下ろしてくる。

その表情はとてもエロい。

「遠慮なんてしないから……見てなさい、それっ」

「んうっ……！」

「んはぁぁっ♥」

彼女はいきなり腰を大きくグラインドさせて、肉棒を味わい始めた。

「あっ♥　あはぁ、んっ……！」

リエータさんはそのまま、腰を前後に動かしていく。

「はぁ、あっ、んっ……♥　ヴィンターも、すっごいえっちな顔になっちゃってるじゃないっ……おちんちんも硬くて、あ、んぁっ♥」

「ん、くっ……あぁっ……」

容赦なく腰を振ってくるリエータさん。

膣襞が震えながら絡みついてきて、僕の肉竿を刺激する。

「ほらほらぁっ♥　あっ、んぁ、あぁ……！」

「リエータちゃんってば……♪」

遠慮なく腰を振って感じているリエータさんを見て、プリマベラさんが笑みを浮かべる。

「ん、すっごいえっちな光景ね……リエータちゃんがいっぱい腰を振って、ヴィくんが犯されちゃってるの♥」

プリマベラさんが熱っぽい目で僕らを眺めてくる。

「うぅ……」

しているところを見られるというのは、やっぱり恥ずかしい。

「んぁっ♥　あっ♥　おちんちん、太くなってるっ……！　あ、んぁっ。もっと、あっ、ふぅ、ん、あぁっ……♥」

「ん、あぁ……」

リエータさんはさらに激しく腰を動かし、その膣襞をうねらせる。

僕はその気持ちよさに意識を引っ張られつつも、プリマベラさんへ目を向ける。

彼女は興奮気味に僕たちを眺めていた。

「あ、うぅ……プリマベラさん……」

「どうしたの？　ヴィくん……そんな可愛い声で呼んで……♥」

僕らの行為を見て、プリマベラさんも興奮しているようだ。

だから僕は、彼女も気持ちよくしたい。

「僕の顔に乗ってください。いっしょにしましょう……？」

「えっ……？」

プリマベラさんは一瞬驚いたような顔になったあと、ひどく妖艶な表情を浮かべた。

「いいの……？」

「はい」

頷くと、プリマベラさんはゆらりと僕に近づく。

「ヴィくん……お姉ちゃんも気持ちよくしてくれるなんて……すごくいい子……あぁ……♥　ん、うぅっ……」

彼女は喜びと羞恥が入り交じった様子で、僕の顔を跨ぐ。

下から、プリマベラさんの秘所が丸見えになった。

しっとりと濡れ、蜜とフェロモンを溢れさせる、女の部分……。

「あぁ……♥　ヴィくんに、すっごい見られてる……♥」

興奮気味に言いながら、プリマベラさんはゆっくりと僕の顔へと腰を下ろしてきた。

「んっ……♥」

「んむっ……ふぅっ……」

「あんっ♥　あっ、あふっ……♥　ヴィくんの口が、あんっ、私のおまんこに……♥　あ、んぅっ、あぁっ！」

ぬれぬれの陰唇が触れると、えっちなプリマベラさんのフェロモンが僕をくらくらさせてくる。

「んぁ、あぁ……♥」

「ふふっ……ヴィンターってば、お姉ちゃんのおまんこを押しつけられて、興奮してるんだ？　おちんちん、反応してるわよ♪」

「あぅっ……あ、あぁ……♥」

ここからは僕のターンだ。

僕は油断しているリエータさんを下から肉棒で突き上げる。

「んひゃぁっ♥　あっ、急に、んぁっ……！」

主導権をとられたリエータさんが、嬌声をあげる。

それを聞いて、プリマベラさんも少し余裕を取り戻したみたいだ。

「そうね、リエータちゃんを責めてあげないとね。えいっ♪」

「んぁっ、あっ、乳首、だめぇっ……♥」

「んむっ……」

プリマベラさんのおまんこに塞がれて見えないけれど、どうやら僕の上で、プリマベラさんがリエータさんのおっぱいを責め始めたらしい。

リエータさんの膣内が、感じてきゅっと締まった。

「あっ♥　そんな、ふたりがかりで、あっ……ああっ♥」

先ほどとは一転、リエータさんは感じさせられて、受け身に回ってしまう。

「あっ、だめ、んっ……♥　乳首もおまんこも、そんなふうに責められたらぁっ！　あっあっ♥　んはぁぁぁっ！」

びくんと身体を揺らしながら、膣道がますます締まっていく。

リエータさんのほうは、もうかなり感じてしまっているようだ。

それなら次は、と僕は目の前のおまんこへと舌を伸ばす。

「れろっ、ちゅっ」

「んはぁっ♥　あっ、ヴィくん、あふっ♥」

プリマベラさんの割れ目へと舌を這わせ、その内側に軽く潜り込んでいく。

そこからはどんどん蜜が溢れ出し、淫らな襞が舌を捉えようとしてくる。

「んぁっ♥　あっ、もうっ……。今は、んぁっ、リエータちゃんを責める番なのに、ヴィくんってば、んぅ♥」

咎めるような言葉とは裏腹に、嬉しそうなプリマベラさんの声。

もちろん、リエータさんを責めることも忘れてはいない。

僕は腰を突き上げて、彼女の蜜壺をかき回していく。

「んはぁっ♥　あっ、ヴィンター、んぅっ♥　あっ、お姉ちゃ、だめ、んはぁっ♥　ふたりとも、んあ、ああっ！」

「あはっ♪　リエータちゃん、おっぱいいじられて感じちゃってるんだ。かわいい♥　お姉ちゃんが、もっと気持ちよくしてあげるからね」

「あっ♥　だめ、ん、あぁぁあっ！」

リエータさんが僕の上で跳ねる。

どうやら、軽くイったらしい。

だけどもちろん、それで止まったりはしない。

「リエータちゃん、んっ♥　イっちゃったの？　ほらほら、乳首ももっといじってあげる。ん、ふぅっ……あぁ♥」

「んひぃっ！　あっ、だめぇっ……！　まって、あっあっ♥　イってるのにっ、だめぇっ……♥　あ、あぁぁぁっ！」

膣襞がきゅうきゅうと締めつけてきて、僕もかなり限界が近い。

舌を這わせているプリマベラさんの膣内も、艶めかしく蠢いて感じているのがわかる。

僕はさらに舌でその蜜壺をぬぷぬぷと責めたてながら、腰を突き上げていく。

「んはぁっ♥　あっ♥　ヴィくんっ……！　あ、あぁっ！」

「だめぇっ♥　イクッ！　またイっちゃうっ！　あっ、んぁ、ああっ！」

「私も、あ、んはぁっ♥　イっちゃいそうっ……！　あ、あふっ……！」

ふたりが快楽に身悶えているのを感じながら、僕も気持ちよさに飲まれていく。

美女ふたりとのセックスに、本能が喜んでいるのを感じた。

「ん、んうぅっ……！」

蜜壺の蠢きと、すぐそばで感じるメスのフェロモンに脳を溶かされて、オスとしての種付け欲求が膨らんでいく。

「んはぁぁぁっ♥　あっ、そこ、んぁ、あぁっ♥　おちんちん、ズンズン突いてきてるっ……♥　あ、ああぁっ」

「ヴィくん……私、あ、んぁっ……イクッ、イクイクッ！」

「んひぃっ♥　あっあっ♥　あたしも、あたしもぉっ♥　イっちゃう、あっあっ♥　イクッ、んぁ、あああっ……！」

ふたりの嬌声が重なり、僕をくらくらとさせる。

ふたりの美女に愛されながら、僕も限界を迎えた。

「んぁ、あっあっ♥　いっしょに、あ、あぁ……」

「あふっ、あ、うんっ……あたしも、あ、んっ」

精液が駆け上るのを感じ、僕は本能のまま、ぐっと力を込めて肉棒と舌のそれぞれで彼女たちの中を犯していく。

「「イクイクッ！　イックゥゥゥウウッ♥」」

どびゅびゅっ！　びゅくっ、びゅるるるるっ！

「あっ♥　んはぁぁぁっ！」

ふたりが声を揃えて絶頂したのと同時に、僕も射精した。

ものすごい快楽と満足感が僕を貫いていく。

「んはっ♥　あっ♥　あぁ……♥」

「んっ……あ、あふっ……♥」

ふたりの絶頂おまんこを感じながら、僕は射精の余韻でぐったりと力を抜いていく。

「あ♥　あふっ……ヴィくん……お疲れさま……」

上から聞こえる、プリマベラさんの労《いたわ》る声。

それを聞きながら、僕は意識を手放していったのだった。

※

三人のお姉ちゃんに囲まれるハーレム生活。

かわるがわる、あるいは同時にかわいがられる、幸せな暮らしを送っていた。

さらに、弟としてだけではなく、男の子としても三人に愛してもらう暮らしはとても幸福で満たされていた。

ただ……。

美女三人に対して僕ひとりなので、幸せな反面、体力的に厳しい部分もあるという、男として嬉しい悲鳴をあげることにもなっていた。

いや、まあ結局、ちょっと誘われたり甘やかされたりすると流されてしまう僕に原因があるのだけれど。

ともあれ、そんな感じなので体力をもっとつけなきゃな、と思うのだった。

そんなある日、夜に僕の部屋を訪れたフスィノさんが、小瓶を取り出した。

「……最近、お姉ちゃんたちに絞られすぎているヴィンターのために、薬をもってきた」

「薬、ですか？」

「ん」

彼女は小さく頷いた。

「滋養強壮のお薬。すっごく元気でバッキバキになる……って言ってた」

そう言ってぐっと親指を立てるフスィノさん。

「ああ、そういう……」

今の僕にはある種必要なのかもしれない。というか、フスィノさんたち側の希望も体力をつけさせる方向であって、休ませるほうではないんだなぁ、と思うのだった。

まあなんにせよ、僕の身体を気遣ってはくれているみたいだし、どうせなら休むよりも元気になれるほうが僕もいい。

「結構効くみたいだけど……元気になりすぎても、困らないしね」

ちょっと頬を染めながら、フスィノさんが言った。

「まあ、たしかにそうですね……」

彼女たちはみんなえっちだ。

性欲が旺盛だし、積極的でもある。男としては理想的と言ってもいい。

そんな彼女たちから求められれば、もちろん嬉しいのだった。

僕はフスィノさんから薬を受け取る。

小瓶に注がれている液体は、ちょっと茶色っぽい。生薬などの色なんだろう。

あまり美味しそうには見えない。

ただ、新開発というわけでもなく、もうかなり出回っているものみたいだし、使いすぎなければ大丈夫だろう。

それにちょっと、気になるところでもある。

そんなわけで、僕は小瓶を開けて、まずは匂いを嗅いでみた。

普通に薬っぽい感じだ。

これといって問題もなさそうだし、そのまま飲んでみる。

苦味が強めだけれど、思ったほどまずくはないみたいだ。

「……どう？　って、そんなすぐに効果は出ないか」

「まあ、ちょっとぽかぽかはしてきましたね」

思い込みかもしれないけど、身体の内側から暖かくなっているのを感じる。

「そうなんだ」

そう言って、フスィノさんが僕に近づいてきた。

彼女の甘い香りを、いつもより強く感じた気がした。

その途端、下半身に血が集まってくるのを感じる。

「……ヴィンター？」

軽く腰を引くと、その動作に気づいたフスィノさんが、僕の前へとかがみ込んでくる。

「……さっそく、効果が出てきた？」

尋ねながら、彼女は僕のズボンへと手をかけた。

逃げ切れない、と諦めて引いた腰を戻すと、彼女の手が素早く僕のズボンとパンツを脱がせてしまう。

「わ、おちんちん、もう大きくなってる。……これは、効果あり？」

彼女はきゅっと肉棒を握った。

「うっ……」

それだけで、どくんっと肉棒が反応してしまう。

「そんなに効くんだ？」

不思議そうに言いながら、フスィノさんは肉竿をしごき始める。

少しひんやりとした手が、熱くなった肉棒を心地よく包んでいる。

「すごい効果あるんだね。……おちんちん、こんなにガチガチになってる……」

うっとりと肉棒を眺めてしごくフスィノさんは、とてもエロティックだ。

薬は内側から元気を与えるのと同時に、感覚を鋭敏にしているような気がした。

「ん、ヴィンターのおちんちんを見てると……んっ、わたしもえっちな気分になってきちゃう……ふーっ♪」

「あぅっ……！」

こんな薬を渡してくる時点で最初からえっちだ……と思ったものの、湿った吐息を吹きかけられる気持ちよさに、反論は封じられてしまう。

「ふふっ……いい反応♪　熱いおちんちん、ちょっとは冷めるかな？　ふー、ふーっ♪　それとも、もっと熱くなっちゃう？」

息を吹きかけながら、妖しく笑みを浮かべるフスィノさん。

その表情は僕をたぎらせた。

「フスィノさんっ……」

「ヴィンター、なんだかいつもよりセクシーな顔つきになっちゃってる……♥　元気になりすぎで溜まっちゃった？」

そう言いながら、フスィノさんは亀頭を撫で回してきた。

敏感なところを刺激されて、腰を引いてしまう。

「ガチガチのおちんちんから、我慢汁が溢れ出してきたね。……れろっ」

「あぅっ……」

彼女の舌がちろりと肉棒を舐め上げた。

温かくぬめった舌先の気持ちよさを感じる。

「ぺろっ……ん、ちゅっ……」

彼女は舌を伸ばして、肉棒を舐めてくる。

その最中も上目遣いでこちらの反応を探っており、そんな表情が僕をより興奮させていった。

「ん、ちゅっ……ふぅ、れろっ……」

彼女は肉棒を丁寧に舐め、片手で軽くしごいてくる。

快感が蓄積されていき、同時にもっと、と求める欲望が湧き上がってくる。

「う、あぁ……フスィノさん、もっと……」

「もっと……どうしてほしい？」

フスィノさんは誘うように僕を見上げて、尋ねてくる。

そして口を大きく開き、アピールしてきた。

「うっ……」

「ね、どうしてほしい……？」

彼女は舌を伸ばして、しかし肉竿には触れずに、えっちな動きを見せつけてきた。

誘惑の舌遣いは僕にその先を想像させて、期待を煽ってくる。

ただでさえ魅惑的なその誘いは、薬の効果も相まって僕の理性を溶かし、獣性を焚きつけていくようだった。

「咥え込んで気持ちよくして下さい」

そう言いながら腰を突き出すと、フスィノさんは妖艶な笑みを浮かべた。

「ん……よくできました♪　あーむっ♥」

彼女は僕のおねだりどおりに、口を大きく開けて肉棒を頬張った。

小さな口が肉竿を咥えこんでいる姿はとても卑猥だ。

「んっ。ちゅっ……れろっ……」

彼女は舌を動かし、肉棒を舐め回してくる。

「れろ……ん、そういえば……」

彼女は肉竿を咥えながら、もごもごとこちらに話しかけてくる。

「うっ、なんですか……？」

咥えられながら喋られると、唇がぴとぴとと当たって気持ちがいい。

それに、頬の内側も動いて肉竿に擦れてくるのだ。

そんな僕の反応を見て、気持ちいいというのがわかったフスィノさんはにやりと妖しい笑みを浮かべながら続けた。

「んー、こうやって、れろっ……しゃぶられながら喋られるの、っんむっ……好きなんだ？」

「うぅ……」

フスィノさんはニンマリと笑うと、そのまま口全体を使って肉棒を愛撫してくる。

「んむっ……ちゅっ……そうそう、さっきの話……れろっ……」

「あうっ、ちょっと、そのまま話されても集中できないというか……」

亀頭が頬の内側に擦れたかと思うと、上顎を滑るように動く。

つるりとそこを滑りながら、裏筋を舌に舐め上げられた。

「んぅっ♥　あ、そこ、おちんちんでこすられると、ちょっとくすぐったくて、んぁっ……♥　れろっ、ちゅぅっ」

「うぁっ……！」

フスィノさんも口内を犯されて感じているらしく、気持ちよさそうな声をあげながら、フェラを続けていった。

「あむっ、れろっ……ちゅ……♥　んっ……。おちんちん、こんなに反り返って……あっ♥　れろっ、ちゅぅっ……」

フェラ一本に絞りつつも、その感想を口にするのでやはり唇からも刺激がきてしまう。

彼女自身も、しゃべることでもごもごと口内で肉棒が動くのが気持ちいのだろう。

「んむっ、ちゅっ……れろっ……。お薬で元気になったおちんちん……今日はどのくらいできるのかな。ちゅぅっ♥」

「うぁ、あぁ……」

薬なんてなくても、普段から何度も絞られているのだ。

というか、絞られているからこそ回復を、という話だったのに、回数の限界に挑戦するのは本末転倒では？

「れろっ、じゅるっ……じゅぶ、ちゅぅぅっ♥」

「うぅっ……」

しかしそんな考えは、彼女のフェラで溶かされていってしまう。

気持ちよすぎて何も考えられなくなってくるし、それでいいか、という気がしてきた。

「あむっ、ちゅっ……じゅるっ……」

フスィノさんも蕩けた表情で僕の肉棒をしゃぶっている。

「れろっ……んむっ、ちゅぅっ……」

舌先と頬、上顎と口内のあちこちに肉棒がこすられ、快感を呼び起こしていく。

「んむ、我慢汁ちゅぅぅっ♥」

「う、あぁっ！」

ストローのように肉棒が吸われ、我慢汁が吸い出される。

そのまま、精液まで吸い上げられてしまいそうだ。

「んむっ、あふっ……いいよ、そのまま、精液出して……♥　ん、じゅぼっ……わらひのおくひに、いっはい、んぁ♥」

「フスィノさん、う、うぅっ……！」

途中からより深く肉棒を咥えられて、フスィノさんの言葉が不明瞭になっていく。

奥まで飲み込まれた肉棒はただただ気持ちがよく、射精感がこみ上げてきた。

「もう、出るっ……ああっ」

「いいよ♥　んぁ、あぁ……いっぱい、らひてっ……じゅるっ！　じゅぶっ、ちゅうぅ」

彼女は喉奥まで使って刺激し、肉棒をじゅぶじゅぶとしゃぶり、舐め回し、吸い込んで愛撫していった。

「れろろろっ……じゅるっ、ちゅっ♥　……じゅぶっ、じゅるっ……れろぉっ♥　ちゅっ、じゅぶぶぶぶっ」

「あ、あああっ！」

最後に勢いのいいバキュームを受けて、僕は射精した。

「んぅっ♥　ん、んんっ！」

彼女の喉めがけて、精液が勢いよく飛び出していく。

さすがに、口内射精どころか喉まで精子に犯されて、フスィノさんは驚いたような表情になった。

「んく、ん、ちゅうっ……んくっ……」

しかしそれでも、肉棒は離さずに精液を飲み下していく。

「んく、ごっくん♪」

しっかりと精液を飲み下したところでやっと、彼女が肉棒から口を離す。

普段なら射精すれば一度はムラムラが落ち着くのだけれど、今日は薬の効果なのか、まだまだ精液が溜まっているような感じがした。

フェラでの射精は気持ちよかったけれど、もっとしたい。

そんな欲望に突き動かされて、僕は精液を飲み終えてうっとりとしていたフスィノさんの後ろへと回った。

「ん？　ヴィンター、どうしたの、んぁっ♥」

そして後ろから彼女を抱きしめると、前のめりになる。

なめらかな背中の肌触りを感じながら、前へと伸ばした手でおっぱいを揉んでいく。

「あんっ♥　もう、なんだか、んっ、いつもより積極的？」

フスィノさんは嬉しそうに言いながら、身体を軽くゆすって角度を調節し、そのお尻で肉棒を擦ってきた。

「んっ♥　出したばかりなのに硬いままのおちんちん♥　ふふっ……どうしたいの？」

フスィノさんは僕を焚きつけるように言った。

おねだりされたいというのとは、ちょっと違う空気だ。

思えば、疲労回復が目的とはいえ、えっちになる薬を渡してきているのだし……。

それなら、少し強引にするほうがいいのかもしれない。

「フスィノさん、四つん這いになって」

僕は後ろから抱き締めていた彼女を放して、四つん這いにさせる。

フスィノさんは抵抗することなく、素直に従ってお尻を突き出してきた。

むちっとしたお尻の下では、もう彼女の割れ目が蜜をこぼして待っている。

十分に濡れて、ひくつくおまんこ。

濡れているとはいえ、入れる前にしっかり愛撫して、焦らしながらほぐすほうがいいのかもしれない。

でも、普段ならそうしたかもしれないけれど、昂ぶっている僕はそのまますぐに肉棒を突っ込むことにした。

「んはぁっ♥　あっ、ヴィンター、もう、あふっ……♥」

お尻を掴んで腰を突き出すと、ぬぷりと蜜壺は肉棒を咥えこんだ。

膣襞がねっとりと絡みついてきて、すぐにでも精液を出させようとしてくるかのようだった。

締めつけがきつい割に肉棒をスムーズに飲み込んだのは、すでに愛液を溢れさせていたことと、何度も身体を重ねてきた経験からだろう。

「あぁっ♥　ヴィンターのおちんちんに、わたしの中、広げられて、んぁ……」

フスィノさんはうっとりと、気持ちよさそうな声を出す。

この様子なら心配はなさそうだ。僕はそのまま、腰を振り始めた。

いつもとは違い、最初から欲望のまま、大きく腰を振っていく。

「んはっ♥　あっ、ヴィンター、ああっ！　おちんちん、そんなにぐいぐい、んぁっ♥　あっ、んはぁぁっ！」

彼女は嬌声をあげながら、膣内をきゅっと締めてくる。

「う、あぁ……フスィノさんは、強引にされるのが好きなんですか？」

「んぁ、ああっ、そんなこと……んぅっ♥」

彼女は小さく首を横に振ったけれど、おまんこはきゅっと締まった。

「こうやって……後ろからガンガン犯されたくて、元気になる薬を持ってきたんですね」

そう言いながら、僕はピストンを繰り返し、膣内をかき回していく。

膣襞が擦れ、愛液も溢れてくる蜜壺をしっかりと往復した。

「んぁっ、あぁっ♥　そんな……ん、うぅ……そんなこと」

口では認めたがらないが、身体のほうはものすごく反応している。

あるいは、その抵抗も彼女の気持ちよさを加速させているのかもしれない。

僕は自らの欲望のまま、彼女もそれを望んでいるはずだと決めて、容赦なくガンガンと腰を振っていった。

「んぁぁっ♥　あっ♥　ヴィンター、あふっ、そんなに、いっぱい腰振って、んぁ♥　あぁぁっ！」

往復のたびに粘膜が擦れ合い、快感を生んでいく。

彼女が嬌声をあげて乱れ、その蜜壺が肉棒を貪った。

「んはっ♥　あ、あぁ……わたしの中っ♥　ヴィンターの、んぁ、おちんちんの形にされちゃってるぅ♥　あぁ……後ろからいっぱい突かれて、奥まで、んぁ、あぁっ……！」

フスィノさんがピストンのたびに身体を揺らし、はしたないほど感じていく。

僕のほうも限界が近く、その欲望をぶつけていった。

「んはぁぁっ♥　イクッ！　もうイクッ！　んぁ、あっあっ♥」

高まった彼女が嬌声をあげる中、僕もラストスパートを掛ける。

「こっちも、もうっ……！」

「あ、んはぁぁっ♥　イクイクッ！　んぁ、んくぅぅぅうぅぅぅっ♥」

びゅるるるっ！　びゅく、びゅくんっ！

彼女が絶頂し、ぴんっと身体をのけぞらせる。

それに合わせて膣襞が絶頂締めつけを行い、その快感に僕も射精した。

「んぁっ、あぁぁっ……！」

肉棒が脈打ちながら、彼女の中へと精を放っていく。

二度目とは思えないほど濃くて量も多い精液を、熱い膣内へと放出していった。

「あふっ……♥　んぁ、すごい、出てる……」

その射精を受けて、フスィノさんがうっとりと呟いた。

「あう……」

肉棒を引き抜いた僕は、そのままベッドへと横たわる。

するとフスィノさんも僕の隣に来て、ぎゅっと抱きついてきた。

絶頂直後の、少し汗ばんで熱い彼女からは甘やかな女性のフェロモンが立ち上っている。

その魅力的な裸身に抱きつかれていると、またすぐにでも欲望が膨らみそうだ。

「お薬、効果あったみたいね……♥」

僕に抱きつきながら、フスィノさんが笑みを受かべる。

そして体液でヌルヌルになりながらも、まだ硬さを失わない肉棒をきゅっと握った。

「ちゃんと、興奮させた責任はとってあげるからね。何回でも♪」

そう言って微笑むフスィノさんは、やっぱりえっちな女の子で。

結局、夜が明けるまで僕らは交わっていたのだった。

※

平和に続いていく日々だったけれど、時にはその平穏が破られることもある。

どうやら、プリマベラさんと出会った森のもう少し奥のほうに、強いモンスターが出てしまったらしい。

モンスターに遭遇し、なんとか逃げ帰ってきた冒険者の話を聞き、すぐに調査のクエストが発注されたようだ。

噂だとワイバーンという、小型の龍種だという話だ。

夕食時、街で話を聞いてきたプリマベラさんが話してくれた。

本当にワイバーンかどうかを現在調査中らしい。

「このあたりにワイバーンが出るなんて、まずないことなのだけれど……」

プリマベラさんは少し困ったように言う。

「たまにはそういうイレギュラーも起こるから……」

本当にワイバーンだったら、このあたりで対処できる冒険者は少ない。

本来なら、もっと大きな街へヘルプを頼みに行く、という感じだろう。

けれど、大きな街まで移動して冒険者を募集して戻ってくる、となるとそれなりに時間もかかってしまう。

その時間差は、時に大きな損害をうむだろう。

ただこの街には運良く、プリマベラさんやフスィノさんがいるので、ワイバーンの討伐は可能だ。

許可さえ貰えれば、僕が出たっていいしね。

ワイバーンクラスともなると、ちょっと腕に覚えのあるだけのその辺の人が挑む、というのは危険なので認められない。

でも僕は……勇者だった頃はともかく、今はまともに冒険者として登録されてさえいない状況なので、いきなりクエストを受けるというのは無理だろう。

遭遇してしまったので倒しました、なら成り立つだろうけれど。

今はその機会もなさそうだ。

「ふたりとも、森には入らないでね」

プリマベラさんが心配そうに、リエータさんと僕に声をかける。

「わかったわ」

リエータさんがうなずく。

森の手前側なら、ワイバーンそのものが来ることはないだろう。だが、ワイバーンが森へ来たことによって縄張りを失い、普段よりは強力なモンスターが浅いところまで出てくる可能性は十分にあった。

だから強力なモンスターが来ると、その周辺の危険度も普段より上がってしまうのだ。

そのため、戦闘力のない市民だけではなく、周囲で稼いでいる冒険者にとっても、イレギュラーなモンスターの登場は死活問題だ。

だから今は、結構な大事になっているらしい。

とはいえ、プリマベラさんたちなら危なげなく倒せる相手でもあるし、僕が余計な動きをするとかえって迷惑だろう。

この際、僕が元勇者であるというのはどこかでバレてしまっても仕方ないかなという気はするけれど、わざわざ首を突っ込む場面ではない。

「ワイバーンなんて珍しいわよね」

「……ん、プリマ姉は、前に狩ったって言ってたよね？」

フスィノさんがそう尋ねる。

「そうね。一、二頭ならそのまま狩りに行っちゃうつもりだけど……」

まだ、ワイバーンがどのくらいの規模で群れているのかもわかっていないため、うかつに手が出せないようだ。

下手に刺激して数が多かった場合、大変なことになりかねないからな。

そう考えると勇者だったころの僕は、事前にすべきことを全部整えてもらってから、討伐にしにいくだけの仕事だった。

冒険者とかに調査してもらっていて、相手が五頭なり十頭なりだとわかってから、それを逃さないように討伐するだけだったのだ。だからやはり、昔の感覚で動くと、いろいろと失敗しそうだ。

緊急時は別として、今はまだおとなしくしておいたほうがいい。

「他のモンスターって、もう増えてるの?」

リエータさんが尋ねると、プリマベラさんが頷いた。

「そうみたい。いつもより浅い部分に来はじめてるって。まだそこまでは、大きな影響は出てないけど……」

「……グレーグリズリーとか、クリムゾンウルフとかも、出てきてるらしいわ」

「そうなんだ」

その二つはこのあたりに出る中では強いほうにあたる、獣タイプのモンスターだ。

グレーグリズリーはプリマベラさんと出会ったときに襲ってきた、クマ型のモンスター。

その大きな体格と力が特徴で、これといった特殊能力はないものの、見誤って森の奥に入りすぎた冒険者などが狩られてしまう。

もう片方のクリムゾンウルフは群れで動くのが厄介なタイプで、討伐のために軍隊が動けば問題はないのだが、少人数の冒険者パーティーだと、ペースを乱されてやられてしまうことも多いみたいだ。

どちらも当然、一般人が遭遇すればどうしようもない。

普段は森の奥にしかいないのだが、ワイバーンの影響でそれらが出てくるかもしれない。

他にも、ゴブリンなどのもっと低級なモンスターが、さらに追われて街のほうに来るかもしれないのだ。くれぐれも気をつけるように、と話すプリマベラさんに、リエータさんがうなずく。

「ヴィくん、リエータちゃんをよろしくね」

「はい」

僕は力強く頷いた。

モンスターを倒すのは、数少ない得意なことだ。

僕の力がリエータさんたちを守るのに役立つなら嬉しい。

といっても、ワイバーンを討伐するのはプリマベラさんたちで、僕がなにか動くということはないのだけれど。

そんな話をしていると、玄関がノックされ、プリマベラさんが素早く動いた。

玄関のほうで二言三言、話をしたあとで彼女が戻ってくる。

「調査したところ、ワイバーンは一頭だけみたい。はぐれたのが流れ着いてきたのね。夜が明けるのを待って、私とフスィノちゃんで討伐してくるわ」

「……ん」

フスィノさんが小さくうなずく。その顔は、これといった緊張や気負いもなく、冷静そのものだった。実際、何が起こるかわからないし油断しすぎはよくない、とは言っても、プリマベラさんやフスィノさんの実力を考えれば危なげはないのだろう。

「ふたりは、朝になったら街のほうへと避難しておいてくれる？　このあたりはどうしても森に近いから……」

「うん、わかったわ」

リエータさんがうなずく。

このあたりのことはわからないし、僕はおとなしく従うだけだ。

一応、僕も予備の剣を一本もらって、ぶら下げておくことにした。

ワイバーンとの戦闘によって周囲のモンスターも反応し、森がざわめき、いちばん近くのゴブリンなんかが街へなだれ込んでくることはある。

そのため、プリマベラさんたち以外の冒険者は、みんな街の警備についているのだ。

それでも街は広いので、取りこぼしがないとも限らない。

そのために護身として、リエータさんを守るためにも、僕も剣を持つのだった。

「使うことはないと思うけど、ね」

「はい。僕のほうからは、あまり動かないでおきます」

「そうね。あくまで街の冒険者たちが守ってくれるはずだから」

そんな話をして、明日に備えて、今日は早めに寝ることになったのだった。

タイミングがタイミングだったのでエッチなことはさすがにしなかったけれど、僕はしっかりとプリマベラさんの抱きまくらにされて、一夜を過ごしたのだった。

※

翌日。

プリマベラさんとフスィノさんを見送った後、リエータさんと僕は街の中心へと向かった。

すでに多くの人々が集まっており、その外周を冒険者の人たちが守っている。

といっても、まだ何も始まってはいないし、そこまで緊張した様子もない。

彼らが本格的に構えるのは、さらに外側で斥候をしてくれている冒険者たちがモンスターの襲来を伝えてからだ。

それまでは気張りすぎず、適度に体力を温存しておいたほうがいい。

住民の中にはもちろん怯えている人もいるけれど、大半はもう少し楽観的で「モンスターが出て大変だけれど、なんとかなる」という感じだった。

「こうしてみると、結構たくさんの人がいるわよね」

集まった人を見ながら、リエータさんが言った。

「確かに。こんなに人が集まっているのを見るの、僕も久々です」

ここ最近、お姉ちゃんたちからのスキンシップで体感的な人間関係は多いけれども、たくさんの人を見る機会はなかった。

遠巻きながら色んな人に囲まれていたのも、もうかなり前のことだ。

そんなことを思い返しながら、しばらくおとなしく待っていたのだった。

やはりプリマベラさんたちが戦いに向かっているからか、リエータさんは少しそわそわしているようだった。

実力的に大丈夫だとわかってはいても、こうして大事になっているのを考えると、やはり不安は出てくるものだろう。

普段のクエストでももちろん、危険があることにはかわりないのだけれど、こうして街全体の空気が変わるほどとなると、やはり違ってくるものだ。

かといって、僕たちにすることがあるわけではなく、おとなしく待っているのだった。

どのくらいそうしていただろうか。

日も頂点を越えて緩やかさに下がり始めた頃、斥候に出ていた冒険者が街へと大急ぎで戻ってきたようだった。

「みんな、逃げろっ！　ブラッドウルフがきた！」

その声に、主に冒険者たちがざわめき、戦闘準備に入った。

住民の多くも、ワイバーンではないモンスターが襲ってきたとわかるとやや慌てて、一部の冒険者が出す指示に従って、避難を開始する。

「おい、ブラッドウルフなんて……どうするんだ？」

警備の冒険者たちが、不測の事態に騒ぎ始める。

「俺たちにできるのは、プリマベラさんたちが戻るまで、なんとか時間を稼ぐくらいか？」

ブラッドウルフは、この辺りに出る強いモンスターの一つで、クリムゾンウルフの亜種だった。

群れだからこそ強いクリムゾンウルフに対して、ブラッドウルフは強力な個体だ。

ワイバーンほどではないけれども、本来なら普通の冒険者では対処しきれないモンスターだった。

それが街へ流れてきたのは、おそらくワイバーンを避けてのことだろう。

他の雑魚モンスターが流れてこなかったのは、クリムゾンウルフの群の移動上から逃げたからか、すでに餌食になったからだろう。

「…………」

本来なら、ここで僕が出て行くのは不自然だし、無謀にしか思われないだろう。

けれど、こういう状況で黙っているのはさすがにできなかった。

「リエータさん、僕がモンスターを倒してきます」

隣で聞いていたリエータに、小声で言う。

「そんな、危ないわよ」

リエータさんはやっぱり危険だと思ったみたいで、僕を止めてくる。

だから……。

僕は自分の過去を、話すことにした。

「大丈夫です。僕は……元勇者なので」

「えっ？」

いきなりの告白に、リエータさんは驚いた顔をし、僕をまっすぐに見つめてくる。

「……嘘や冗談じゃないみたいね」

僕の表情からそれを読み取ったのか、リエータさんが言った。

「はい」

「でも、本当に……？」

嘘を言っているようではない、とは思っても、やはり勇者だなんて信じられないようで、もう一度問い掛けてくる。

「はい。ブラッドウルフも、何度も倒したことがあります」

僕が力強く言うと、リエータさんも納得してくれたようだった。

他の冒険者たちでは勝てる見込みがなさそう、と本人たちが話していたのを聞いていたというのもあるかもしれない。

リエータさんもなんだかんだと過保護なほうではあるし、他の冒険者が勝てそうなら、僕を送り出したりはしなかっただろう。

けれど、向こうで悲壮な覚悟を決めている冒険者たちと、自信満々な僕を見比べて頷いた。

「わかったわ。でも、絶対無事に戻ってきてね」

「はい、大丈夫です」

これでも一応、元勇者だ。

僕はプリマベラさんから借りていた予備の剣を確認して、冒険者たちのところへと向かった。

「ブラッドウルフの相手は、僕がします」

そう声をかけると、冒険者たちの目が、一斉に僕のほうへ向く。

お姉ちゃんたち以外には、できるだけ元勇者であることを明かすつもりはない。

いろいろ面倒そうだしね。

それに、ここでは元勇者なんかよりももっと、ブラッドウルフを任せてもらうのにふさわしい肩書きがある。

「いや、君、いったい何を――」

「まて、この子は……」

僕をいさめようとした冒険者を、他の冒険者が止める。そちらの人は期待の目を向けてきて、僕がそれに頷くと表情を明るくした。

「彼はプリマベラさんの弟だ」

「えっ!?」

最初に止めようとした冒険者も、あらためて僕の顔を見つめる。

「そうなのか……それじゃあ……」

「ああ……大丈夫、なんだよな？」

プリマベラさんの弟なら、彼女ほどではないにせよ強いのではないか……そんな期待を込めた目が、僕に向けられる。

僕は大きく頷いた。

「はい、任せてください。皆さんは、住民の避難をお願いします」

「ああ！」

絶望していたところに射した光ということもあり、彼らはすぐに頷いて、クリムゾンウルフを僕に任せ、避難誘導のほうへと向かった。

ひとりで大丈夫か、という声もあったけれど、プリマベラさんの弟という肩書きはやはりすごいらしく、むしろ足手まといになるだろ、という声が出て、僕はひとりでブラッドウルフと戦えることになった。

僕としては、そのほうがありがたい。

足手まといというよりも、リエータさんと約束した以上無事に――無傷で勝たないといけないので、力を隠して接戦を演じることができないからだ。

普通の人ではわからないだろうけれど、やはり腕の立つ冒険者ともなれば、その動きで相手の力量を推し量ることができる。

実際、プリマベラさんには、僕が元勇者――とまではいかなくても、戦闘経験があるのを見抜かれていた節があるし。

彼女が気付かないふりをしていてくれたことに甘えて、そのままでいたけれども。

戦っていなくてもそれだ。

戦闘になってしまえば、より多くの人が気付いてしまうだろう。

さて。

僕はみんなが避難するのと反対方向、街の端へと向かう。

ブラッドウルフを迎え討つべく、足を進めた。

そして丁度、前方から駆けて来たブラッドウルフと対峙する。

「グルルルル……」

人と変わらない位のサイズを持つ、赤い毛の狼だ。

クリムゾンウルフよりも鮮やかな赤で、より凶暴な風貌をしている。

多くの冒険者が、出会えば死を覚悟するようなモンスター。

けれど、僕の心は落ち着いていた。

少し遠くで、数名の冒険者が僕を見守っているのがわかる。

プリマベラさんの弟に任せたとはいえ、僕が負けたら対処しなければならないからだろう。

まあ、距離もあるし、多少は仕方ないか。

まぐれあたり、とか思ってくれることを期待しよう。

「悪いけど、一瞬で終わらせるね」

言葉が通じるわけではないけれど、僕はブラッドウルフにそう宣告した。

プリマベラさんたちも、そろそろワイバーンを退治して帰ってくる頃だろう。

僕は剣を構える。

ブラッドウルフが、そのバネを活かして飛び込んできた。

僕も駆け、ブラッドウルフへと飛び込む。

その牙と僕の剣が交差し、すれ違う。

そして——。

僕の背後で、ブラッドウルフは一刀のもとに首を落とした。

出会ったときにプリマベラさんが、グレーグリズリーを倒したときと同じように。

同じく背後で、見守っていた冒険者の人たちが安心したのを感じる。

僕は血を払い、剣を収める。

あまりにもあっけないけれど、命を賭けた戦闘というのは、わりとそんなものだ。

一瞬で決まってしまう。

僕はブラッドウルフを片付け、プリマベラさんたちを迎えるべく、街へと戻るのだった。


プリマベラさんの弟とはいえ、小柄で目立たない僕があっさりと倒したこともあって「あれはブラッドウルフではなく、クリムゾンウルフだったのでは？」という意見も出ているようだった。

ともあれ、モンスターを退治したということで、僕はみんなから感謝され、温かく迎えられる。

モンスターの正体があやふやということもあり、元勇者だとか凄腕だとかいう感じではなくて、「ピンチに勇気を持って立ち向かうなんてすごい！　さすがプリマベラさんの弟！」という感じだった。

僕としても、そのほうがずっと嬉しい。

そんなふうに囲まれ、ねぎらわれていると、街の向こうからプリマベラさんたちが帰って来る気配がする。

みんなの興味が、そちらへと移った。もちろん、僕もだ。

街の人から声をかけられながらも、プリマベラさんとフスィノさんが帰ってくる。

ワイバーンを倒して戻ってきた彼女たちを、みんなが喜んで出迎えていた。

そんな中で、プリマベラさんがこちらに気付いた。

「ヴィくん！」

俺を見つけたプリマベラさんが駆け寄ってくる。

というか、気付くともう、すぐ側まで来ていた。

それに駆けてこそこなかったものの、フスィノさんも笑顔を浮かべているのが見えた。

プリマベラさんは勢いのまま、俺に抱きついてきた。

むぎゅっと彼女の胸に抱きかかえられてしまう。

「もう、お姉ちゃんってば」

僕の隣にいたリエータさんが、いつものように言う。けれどその声には安心があった。

僕はおっぱいホールドからなんとか顔を出すと、プリマベラさんを見上げる。

いつも通りの彼女は、朗らかに僕を見つめ返した。

「おかえりなさい」

「うん、ただいま！」

プリマベラさんは笑顔を浮かべながら、再びむぎゅりと僕を抱き締めた。

「わぷっ……」

顔がおっぱいに包まれてしまい、僕はもう一度なんとかそこから脱出する。

その間に、フスィノさんもこちらへと来ていた。

「ただいま」

「おかえりなさい」

そのまま歩いてきたフスィノさんも、横から抱きついてきた。

ふたりに抱き締められて、僕は柔らかさに包まれる。

「おかえりっ」

それに合わせるように、リエータさんが僕ごとふたりを抱きしめるのだった。

「ただいま」

みんなでむぎゅっと抱きしめ合いながら、僕はこうして帰る場所があり、帰ってくる人を迎えられることを、幸せに思うのだった。

勇者だった頃にはなかった安心感。

三人のお姉ちゃんたちに囲まれて、僕は幸福に包まれていた。

街を襲ったブラッドウルフを撃退してからも、僕の暮らしはさほど変わらなかった。

街の人々には「さすがプリマベラさんの弟」という感じで、僕がいきなり剣を振るってモンスターを倒したのも、なんとなく納得されてしまったのだ。

元勇者という事実や、それをごまかすための作り話を話さなくてよくなったし、僕としては助かっている。

変わったことといえば、最近は街へ行くと「プリマベラさんたちの弟」ということで、これまで会ったことのなかった人からも顔を覚えられていて、声をかけられるようになったくらいだ。

プリマベラさんの過保護は街の人にも伝わっているため、「力があるなら冒険者に」という誘いがほとんどないのは、ちょっと面白かった。

街のほうはそれでいいとして……。

あの場でリエータさんに話したこともあり、僕が元勇者だったということは、三人にはちゃんと告げている。

元々は、捨てられた子供だと思われたから、拾ってもらえたのだけど。

僕には帰るべき場所はなかったが、本当に行き場がまるでなかったわけではない。

だから、それが知られてしまったら……という不安も一瞬のもので、三人は何も変わらず、今も僕を弟として甘やかしてくれるのだった。

冒険者としてやっていける力があることがわかっても、結局ふたりのクエストについていくことは少ない。

これでは、街の人々に過保護だと知れ渡っているのも納得だ。

まあ、そもそもこの辺りのクエストを考えると、プリマベラさんかフスィノさんのどちらかだけでもオーバーキルなことがほとんどだしね。

僕の戦力も、元々必要ないのだ。

と、そんなわけで、お姉ちゃんからの甘やかされハーレムライフは続いていた。

むしろ、身元がわかってしまったせいか、より甘やかされている気がする。

今日も、三人が僕の部屋を訪れて、そのままハーレムプレイが始まってしまうのだった。

「さ、ヴィくん、ぬぎぬぎしましょうね」

そう言いながら、プリマベラさんが僕の服に手を掛けてくる。

「じゃ、あたしはこっちを脱がせるわね」

リエータさんは僕のズボンを掴むと、そのまま下ろしてしまう。

その向こうで、フスィノさんが服を脱いでいて、僕の視線に気付くと笑みを浮かべた。

「脱いでるところ……見るの好き？」

そう言いながら、見せつけるように身体をくねらせて服を脱いでいく。

「うぅ……」

彼女の身体がしなやかに揺れ、服がパサリと落ちる。

解放されたおっぱいを弾ませながら、腰を曲げた彼女はショーツへと手を掛け、するすると脱いでいくのだった。

「あっ♥　脱いでるの見て、おちんちん反応してる」

「あうっ……」

リエータさんが下着越しに僕に肉竿を握ってくる。

フスィノさんのストリップで膨らみ始めていたそれを掴まれると、リエータさんの手の中でさらに膨らんでいってしまう。

「あはっ♪　すごい。どんどん大きく、硬くなってきてるね。ほら、もうパンツの中が窮屈そう。出ておいでー」

「うぅっ……」

リエータさんが僕のパンツを脱がせると、勃起竿が跳ね上がるように飛び出してくる。

「出てきた出てきた♪　おちんちん、もうぴんって上を向いてる♥」

「ヴィくん、さ、手を上げて」

素直に手を上げると、そのまま上が脱がされていく。

あっという間に裸にされてしまった僕に、先に脱いでいたフスィノさんも近づいてきた。

「それじゃ、三人で気持ちよくしてあげるからね♪」

プリマベラさんがそう言って、僕の胸を優しく撫でてくる。

「んっ……」

「ふふ、かわいい反応♪」

そのくすぐったさに声をあげると、彼女は嬉しそうに言った。

「もう、お姉ちゃんってば」

言いながら、今度はリエータさんが脱いでいく。

「……………」

彼女はチラリとこちらに目を向けて、僕が見ているのを確認すると、少し恥ずかしそうに顔をそらした。

脱いでいるところを見られるのは、やっぱり照れるのだろう。

けれど、リエータさんも身体を隠すことはせず、僕に見せながら脱いでいく。

「ヴィくん、目、エッチになってるよ？」

そう言いながら、プリマベラさんが僕の胸を撫で、乳首をいじってくる。

「あぅ。くすぐったいですよ……」

「でも……前よりは気持ちいいでしょ？　ほら、乳首もたってきてるし♪」

「うぅ……」

プリマベラさんは僕の乳首を指先でいじりながら、尋ねてくる。

最初はくすぐったいだけの場所だったけれど、肉竿への刺激と組み合わせたり、何度も愛撫されている内に、少しずつ開発されつつあるのだった。

「ほら、くりくりー♪」

「あぅっ……」

さらに、フスィノさんが乳首をいじり続けている中、服を脱ぎ終えたリエータさんが近づいてくる。

プリマベラさんが乳首をいじり続けている中、フスィノさんはプリマベラさんの後ろへと回っていた。

「……プリマ姉、ヴィンターの乳首をいじるのに集中してるし、わたしが脱がせてあげる」

そう言って、彼女はプリマベラさんの服に手を掛け、脱がし始めた。

「ん、ありがとう♪」

素直に脱がされていくプリマベラさん。

先ほどのように自分で脱いでいる姿を見るのもかなりえっちだったけれど、こうして女の子が女の子を脱がせている姿というのも、とてもえっちだ。

姉のショーツを脱がしていくフスィノさんを見ながら、僕はプリマベラさんに乳首をいじられ続けている。

彼女の細い指がかりかりと乳首をひっかくように動くと、くすぐったさ混じりの気持ちよさがはしっていく。

「乳首ばっかりじゃこっちが寂しいわよね……？　こんなに大きく反り返っているのに、触ってもらえなくて」

「あうっ……！」

リエータさんが僕の肉竿へと手を伸ばしてきて、きゅっと掴んだ。

これまで放置されていたところに刺激がきて、思わず肉棒が跳ねてしまう。

「ふふっ♪　ほら、触っただけで嬉しそうにぴくんって跳ねてる」

「うぅ……」

素直に反応しすぎて、恥ずかしくなってしまう。

「いいのよ、好きに感じて。ほら……」

リエータさんはゆっくりと手を動かして、肉竿を擦り始めた。

握る力も緩く、動きもゆっくりで、まだまだ様子見という感じだ。

そっちへ気をとられていると、全裸になったプリマベラさんが乳首責めを続け、手の空いたフスィノさんもそれに参加し始めた。

「れーろぉっ♪」

「うぁっ！」

フスィノさんは舌を伸ばすと、僕の乳首をペロリとなめた。

唾液の水気と舌の温かさで、驚いてしまう。

「……ふふっ、いい反応……♥　ちろっ」

「あ、ああっ……！」

僕の反応に気をよくしたフスィノさんは、そのまま乳首を舐め始める。

「ふふっ……れろっ、ちゅっ♥」

「あっ、それじゃ私も、お口で……れろぉっ♥」

「あうっ、ふたりとも、んっ……」

両乳首をそれぞれの舌で責められて、その刺激に身悶えてしまう。

「ふふっ、乳首をいじられて、おちんちんこんなに硬くしちゃってるのね、もう。そんなにえっちになっちゃって」

「あぅ、リエータさん、うっ……」

妖しい笑みを浮かべながら、リエータさんはにぎにぎと指を動かし、肉棒の硬さを僕に意識させてくるのだった。

ちょっとした言葉責めを混ぜながら、肉棒そのものへの責めは弱めのままで、羞恥を煽ってきている。

そんな彼女の手管に僕は転がされ、乳首舐めと緩やかな手コキで追い詰められていってしまうのだった。

「乳首で気持ちよくなっちゃうヴィくん、かわいい♥」

「……んっ、ビンビンの乳首、いっぱい気持ちよくしてあげる」

「あぅ……三人とも、うぁっ……」

「れろっ……ぺろっ……」

「ちろっ……ちゅっ」

「しこしこ、きゅっきゅっ」

三人はそれぞれに愛撫を続けていき、三点責めを受けている僕はどんどん快楽に溶かされていった。

「お顔、蕩けちゃってる♥」

「もっともっと、感じて?」

「おちんちん、もっとしてって震えてる♥」

「う、あぅっ……」

三人の責めはとても気持ちがよく、ずっと浸っていたいような気がする。

けれど同時に、乳首などの緩やかなものではなく、もっと大きな刺激が欲しくもなってくるのだった。

「ん、ヴィくんってば、もの欲しそうな顔をして……♥」

「……それじゃ、三人でおちんぽを気持ちよくする?」

「いいわね。あっ、そのことを聞いただけで、おちんちん反応しちゃってる♪」

「あぅっ……」

リエータさんの言うとおり、三人でしてくれる、という話を聞いただけで、僕は期待してしまっていた。

「ふふっ♥　それじゃそっちに……」

プリマベラさんとフスィノさんも、僕の股間へと顔を寄せてくる。

「ふふっ、ちょっとぎゅうぎゅうね♪」

「でも、おちんちんは期待して、大きくなってる」

「それじゃ三人のお口で、あーむっ♪」

「あふっ、あああっ！」

三人が僕の肉棒へと顔を寄せて、それぞれに舌を伸ばしてきた。

「れろっ……」

「……ちゅっ♥」

「あーむっ」

「うあぁ、三人とも、あうっ……」

これまでの乳首愛撫や緩やかな手コキとは違い、性器を三人の口や舌で愛撫され始めて、大きな快感が襲い掛かってきた。

「んっ、おちんちん、どんどん濡れてきちゃうね♥」

「三人が、そんなに舐めるから、うぅっ……」

「ん、ぴちゅっ……れろっ……」

彼女たちの唾液で彩られ、僕の肉竿はてかてかと光っている。

「あーむっ、ちゅっ……れろっ」

リエータさんが横から肉棒を咥え、唇で茎を挟んで上下へと動いていく。

そんな彼女の逆側から、プリマベラさんも顔を寄せた。

「ね、リエータちゃん……ちゅっ♥」

「れろっ、ん、お姉ちゃんっ!?」

「ふふっ♥　れろっ……ちゅぅっ」

「あふっ、れろっ、ん……」

プリマベラさんは僕の肉棒を挟んだまま、リエータさんにキスをした。

舌を伸ばし、リエータさんの唇を刺激していく。

「れろっ、ちゅっ、んっ……」

リエータさんも負けじとやり返していき、ふたりは僕の肉棒を挟んだまま、濃密なキスを重ねていった。

「うぅ、あぅっ……!」

美女が僕の肉棒を介してディープキスしている姿はとてもエロいし、ふたりの交わりがそのまま僕への刺激にもなっている。

その状態はより強く僕を興奮させて、追い込んでくるのだった。

「あむっ、れろっ……ちゅっ」

フスィノさんはマイペースに、根元へと向かい僕の肉棒を舐め回してくる。

「れろっ、ちゅっ、あむっ……」

「う、あぁ……」

プリマベラさんたちもキスを止めて、あらためて僕の肉竿へとご奉仕をはじめていく。

肉棒のあちこちを三人に刺激され、湧き上がる気持ちよさに飲み込まれていった。

「ああ、僕、そろそろっ……」

「んむっ、じゅるっ……いいわよ。ほら、ちゅぅぅっ！」

「あぁっ！」

先端を咥えているリエータさんが、そのままバキュームをしてくる。

精液ごと吸い上げられるかのような感覚だ。

「タマタマ上がってきたね。れろっ……ちゅぅっ」

「フスィノさん、あ、ああ……」

射精準備でつり上がった睾丸が、彼女の口に咥えられて、そのまま転がされてしまう。

「ふにふにー。ちゅぶっ、むぐっ、んぅ……♥」

プリマベラさんは陰嚢をマッサージしながら、肉棒を唇でしごいて射精を促してくる。

「ああっ、出るっ、もう、ああっ！」

耐えきれるはずなんてなく、僕はそのまま気持ちよく射精した。

「んぶっ！　ん、ちゅぅぅっ！」

「ああっ、リエータさんっ！　そんなに吸ったら、ああっ！」

「んじゅ、じゅぶっ、じゅるるっ！」

射精中にも関わらず、リエータさんがしゃぶりついた僕の肉竿をバキュームしていく。

肉棒をストローにされて、僕の精液が彼女に飲まれていった。

「じゅるっ……んくっ……んぐ、ごっくんっ♥」

彼女は僕の肉棒を咥えたまま、いやらしく喉を鳴らしていく。

今出したばかりの精液が飲まれているんだ、と思うととても興奮した。

「あぁ……」

彼女の口内で射精は終わり、そのまましっかりと精液を飲み干されてしまった。

「あふっ……♥」

きゅぽんっ、と肉棒が解放される。三人がかりの口淫で感じさせられて射精した僕は、そのままぐったりと快楽の余韻に浸っていた。

「ん、ヴィくんはそのまま寝てていいよ……だけど……」

「あうっ」

プリマベラさんが、優しく僕の肉棒をしごいてきた。

彼女たちの唾液でぬるぬるになったそこを擦られると気持ちよく、射精したばかりだというのに硬さを失うことなく勃起していた。

「ん、おちんちんはしっかり硬いまま♥　ご奉仕してて我慢できなくなっちゃったから……このましちゃうね？」

そう言って、横たわったままの僕に、プリマベラさんが跨がってくるのだった。

彼女は僕の肉棒を握り、自らの膣口へと導く。

「あっ♥　ん、ふぅっ……」

そのまま腰を下ろすと、十分に潤っていた彼女の蜜壺に、ぬぷりと肉棒が飲み込まれていった。

「あうっ、んっ……」

「あぁ♥　ヴィくんの硬いおちんちん……♥」

プリマベラさんは騎乗位で繋がると、うっとりと僕を見下ろす。

「お姉ちゃんのおまんこに、おちんちんを咥えられて……かわいい顔で感じちゃってる……♥」

「あぁ、プリマベラさん、んっ……！」

彼女が軽く腰を動かすと、うねる膣襞が絡みついてきた。

「あふっ♥　こんなにかわいいお顔なのに、んっ……おちんちんはガチガチで凶悪なんだからぁ♥」

嬉しそうに言ったプリマベラさんが、そのまま腰を動かしていく。

「あっ♥　ん、あふっ……♥　ふぅ、んんっ……！」

彼女が腰を振る度に、その爆乳がぶるんっと弾む。

僕はそのドスケベな光景を見上げながら、彼女の膣襞に絞り上げられているのだった。

「あふっ♥　ん、あっ♥　あぁ……！」

「お姉ちゃんってば、もう……」

「……ね、ヴィンター」

「あふっ、あぁ……はい？」

プリマベラさんに絞られていると、いつの間にか頭のほうへ回ってきたフスィノさんが、僕を見下ろしていた。

艶を帯びた表情の顔といっしょに、おっぱいが揺れながら迫ってくる。逆向きで見つめ合う形のまま、フスィノさんは僕の頬を両手で掴み、キスをしてきた。

「ん、ちゅっ……」

「んんっ……」

ねっとりと、唇を触れ合わせる。

彼女はそのまま、舌を伸ばしてきた。

「れろっ……ちゅっ……♥　んぅ……」

「ぺろっ、ん、あふっ……」

僕もそれを迎え入れて、舌を絡ませ合う。

けれど、普通とは違い顔の向きが上下逆なので、その絡み方もまたいつもとは違う。

互いに舌を上に向けるようにしながら、相手の舌を愛撫していく。

「んうっ……ちゅ、れろっ……♥」

「んぁっ♥　あふっ、ヴィくんのおちんちん、フスィノちゃんのキスで、反応してる……♥　あっ、んぁ、あああっ！」

その最中も、プリマベラさんの腰は止まらない。

一回目だったらもう出してしまったに違いないくらいの勢いで腰を振るわれ、その膣襞が肉棒に絡んでくる。

「んぁっ♥　あっ、あふっ……」

「れろっ……ちゅ、ん、ぺろっ……」

上下、両方ともくちゅくちゅといやらしい水音を立てながら、犯されていく。

「それじゃあたしは……さっき気持ちよさそうにしてたこっちかな。ぺろっ」

「んうっ！　ん、れろ、んふっ……」

リエータさんの舌が、僕の乳首を嬲り始めた。

見えなくても、その舌が乳首を這い回り、刺激してくるのをしっかりと感じられる。

「れろっ……ぺろっ……ふふっ、こういうのはどう？　かぷっ」

リエータさんは、僕の乳首を甘噛みしてくる。普段ならそれは、ちょっと痛いだけだったかもしれない。けれど、プリマベラさんに騎乗位で肉棒を絞られ、フスィノさんとのディープキスでとろかされている今、その痛みも甘美なモノへと変わっていく。

「んんっ！　ん、んっ……」

「んくっ、あ、あふっ……♥　ヴィンター、ん、あぁ……♥　そんなに息を送り込まれたら……ん、れろっ、ちゅぅっ♥」

「んむっ、んんっ！」

その刺激に息を荒くした僕に、フスィノさんが軽く注意するように言って、僕の舌をバキュームしてきた。

その快感にまた息を荒げてしまうと、フスィノさんは触れ合う距離で妖艶に笑う。

「ふふっ♥　れろっ、ぺろっ……じゅるっ……」

そしてまた、舌先を絡め合う。流れてくる彼女の唾液は甘いような気さえした。

「あ、あふっ♥　ヴィくんってばあちこち責められて、すっごい感じちゃってるんだね……♥　おちんちんが、あふっ、ん、あああっ♥」

ずぶっと一気に腰を下ろして、プリマベラさんが肉棒を飲み込む。

「んはぁぁあぁっ♥」

激しい腰振り快楽で降りてきていた彼女の子宮口が、僕の亀頭にぐちっとあたったのを感じた。

「んはぁっ♥　あっ♥　あぁ……♥」

その瞬間、膣内がぎゅっと締まり、受け入れ体勢になったのが伝わってきた。

「んはぁっ、あっ♥　んっ……！　私の奥っ、ヴィくんのおちんちんに突かれて、あっ、んぁ、あはぁぁっ♥」

「んむ、ん、んんっ……」

「れろっ……ちゅ……じゅるっ♥」

「はむっ、ん、そんなに暴れないの。力加減難しいんだから、かぷっ」

三人からの責めで、僕は頭の中が真っ白になっていく。

快感だけが僕を包み込んで、何も考えられなくなっていった。

「あぁっ♥　ん、あふっ……。おちんちん、私の中で膨らんで、あぁっ♥　ヴィくんのおちんちんが、種付け準備してるぅっ♥」

「あむっ……れろっ……お顔も、完全にとろけちゃってる……♥　ちゅっ♥」

「そうなんだ。あちこち責められて、すっごい気持ちよくなってるのね♪」

全身で気持ちよさだけを感じながら、僕は高められていった。

なにもかもが快楽に飲まれていく中で、その最奥からの昂ぶりを感じる。

「あふっ♥　あっ、んはぁぁぁっ！　ヴィくんっ……！　あ、ん、あぁ……私の中に、きてぇっ！

あ、イクッ、ん、あぁっ……♥」

「れろろっ……じゅぶっ、ちゅっ……」

「ん、んむっ、んぅぅっ！」

僕はもう出そうだと伝えるけれど、その声はすべてフスィノさんのディープキスに吸い込まれてしまった。

「ん、ん、んんぅっ！」

「あふっ、あっ♥　んぁ、あああっ！　あっあっ♥　イクッ！　ヴィくん、あぁぁっ！　イクイクッ！　イックゥゥウウウッ！」

びゅくんっ！　びゅくびゅくっ、びゅるるるるっ！

「んはぁぁぁっ♥　あっ、ああっ！　熱いの、ヴィくんのせーえき、出てるぅっ♥　私の奥に、ベチベチ当たってるのぉっ♥」

僕が射精したのに合わせて、プリマベラさんも絶頂する。

彼女の膣内は子種を求めて激しく収縮し、僕の肉棒から余さず精液を搾り取ってしまう。

そしてそのまま奥で受け止めて、その喜びで、さらなる締めつけを行ってくるのだった。

「あ、あぁっ……♥　赤ちゃんの部屋に、子種汁、いっぱい届いてるっ♥」

プリマベラさんはうっとりと言いながら膣襞をわななかせた。

「ん、んぅっ……」

プリマベラさんの反応でわかったからか、フスィノさんとリエータさんも僕から口を離した。

「お姉ちゃん、すっごい顔してる……」

リエータさんに言われて目を向けると、プリマベラさんは完全に蕩けたイキ顔をしていた。

僕とのセックスでここまで気持ちよくなってくれたのだと思うと、とても嬉しい。

といっても、僕はほとんどお姉ちゃんたちから気持ちよくされていただけだけど……。

「それじゃ、次はわたしが……」

フスィノさんがそう言って、僕の下半身へと向かう。

「その次はあたしね。あたしだってまだ、こっちにはもらってないんだから……」

そう言いながら、リエータさんはアピールするように、僕にうるんだ花園を見せてくるのだった。

これではまだまだ、夜は終わりそうにない。

三人のお姉ちゃんたちに囲まれた、ハーレムライフ。

僕はその幸せを噛みしめながら、夜通し愛し合うのだった。

あとがき

みなさま、ごきげんよう。愛内なのです。

年が明けたと思ったらちょっとバタバタしている内に一月も終わっていて、月日が流れるのは早いなぁと感じます。

そんなわけで今回は、元勇者の隠居ヒモ生活。三人のお姉ちゃんたちに甘やかされるハーレムライフのお話です。

勇者として魔王を討伐して役目を終えた主人公。幼く見える彼は、その帰り道にヒロインと出会い、行き場がないならと引き取られることになり、三人のお姉ちゃんに囲まれた暮らしを送ることになります。


ヒロインは三人。

おっとりして母性あふれるプリマベラ。スキンシップ過剰ですぐ甘やかしにかかる、正統派だだ甘やかしお姉ちゃんです。

ただし家事などは苦手で大雑把。愛情だけで包み込んでくるややぽんこつなパワー系甘やかしが持ち味です。

次に、次女であり、ややツンデレなリエータ。暴走しがちなプリマベラをなだめることが多い、しっかり者です。

家事を担当している彼女は、一見素直ではないけれど、ちょっと遠回しながらしっかりと甘やかしてくれます。口では不精を注意しながら、細々と先回りで色々してくれちゃうダメ男製造機タイプです。

最後にダウナー系ののんびり屋のフスィノ。いっしょにだらけて罪悪感なく堕落していける系の甘やかしです。

基本的にはのんびり無気力な彼女ですが、主人公が来るまで末っ子だったこともあり、ちょっと背伸びしてお姉ちゃんとして甘やかしてきてくれます。

三者三様の甘やかし。そんな三人のお姉ちゃんたちとのイチャイチャハーレムを、どうぞお楽しみください。


挿絵の「或真じき」さん。ご協力、本当にありがとうございます！

ヒロイン三人をとても魅力的に描いていただいて嬉しいです。

特にプリマベラが後ろから抱きついて手コキをしているところは、存在感ある胸や、ちょっと背徳的なおねショタ感などとても素敵です！

またぜひ、機会がありましたら、よろしくお願いいたします！


それでは、次回も、もっとエッチにがんばりますので、別作品でまたお会いいたしましょう。

バイバイ！

二〇二〇年一月　愛内なの

キングノベルス

元《もと》最強《さいきょう》勇者《ゆうしゃ》は最弱《さいじゃく》と勘違《かんちが》いされ、溺甘《できあま》ヒモ生活《せいかつ》が始《はじ》まりました
～彼女《かのじょ》たちのためならどんなエロスも与《あた》えよう～

2020年 2月 28日　初版第１刷 発行

■著　　者　　愛内なの
■イラスト　　或真じき

発行人：久保田裕
発行元：株式会社パラダイム
〒166-0004
東京都杉並区阿佐谷南1-36-4
三幸ビル4A
TEL 03-5306-6921
印刷所：中央精版印刷株式会社

KN075

ルーンヴァリス王国の最強執事
王女さまへの子作り指南！
それはもちろん、
国家機密なのです！
三人のお姫さまを俺好みに育てました
旅商人のジュリアンは女王陛下からの密命を受け、三人の美人王女の専属執事となった。この王国には特殊なしきたりがあり、王女は自分の魅力で婚姻相手を獲得しなければならない。そのための異性教育の教師となって、実践型式の授業を始めることに！
赤川ミカミ
Mikami Akagawa
illust: ヤッペン